Uma jornada como tantas

Francisco J.C. Dantas

Uma jornada como tantas

ALFAGUARA

Copyright © 2019 by Francisco J.C. Dantas

Grafia atualizada segundo o Acordo Ortográfico da Língua Portuguesa de 1990, que entrou em vigor no Brasil em 2009.

Capa
Elisa von Randow

Foto de capa
Sem título, de Santídio Pereira, xilogravura, 50 x 63 cm. (Prova do artista).
Galeria Estação. Reprodução de Bruno Macedo.

Preparação
Fernanda Villa Nova

Revisão
Valquíria Della Pozza
Marise Leal

Os personagens e as situações desta obra são reais apenas no universo da ficção; não se referem a pessoas e fatos concretos, e não emitem opinião sobre eles

Dados Internacionais de Catalogação na Publicação (CIP)
(Câmara Brasileira do Livro, SP, Brasil)

Dantas, Francisco J.C.
    Uma jornada como tantas / Francisco J.C. Dantas.
– 1ª ed. – Rio de Janeiro : Alfaguara, 2019.

    ISBN 978-85-5652-093-7

    1. Ficção brasileira 1. Título.

19-28398   CDD-B869.3

Índice para catálogo sistemático:
1. Ficção : Literatura brasileira   B869.3
Cibele Maria Dias – Bibliotecária – CRB-8/9427

[2019]
Todos os direitos desta edição reservados à
EDITORA SCHWARCZ S.A.
Praça Floriano, 19, sala 3001 — Cinelândia
20031-050 — Rio de Janeiro — RJ
Telefone: (21) 3993-7510
www.companhiadasletras.com.br
www.blogdacompanhia.com.br
facebook.com/editora.alfaguara.br
instagram.com/editora_alfaguara
twitter.com/alfaguara_br

à memória de David

1

A lembrança do tempo carregado de nuvens cinzentas, que embaciavam e contraíam o horizonte, reatualiza e inflama as minhas recordações. Converte-se em metáfora sombria. E serve de moldura às circunstâncias deploráveis que penalizaram aquela viagem de minha Madrinha, entabulada em busca de valimento para o parto embaraçado. E uma viagem sob tais condições, encaminhada a céu aberto, havíamos de convir, seria uma empreitada temerária. Demandava uma escalada de cuidados.

— Sem um socorro que venha a calhar — era a voz consensual — a mulher de Teodoro está perdida. Não vai ter a menor chance.

Àquela altura, ao ouvir essa predição assim lavrada em palavras tão diretas e chocantes, debiquei cheio de pruridos: É exagero! Esse povo não cuida no que diz. De qualquer coisinha à toa, a língua pega a coçar e solta um aumento medonho. É bobagem.

A sequência dos fatos, no entanto, ditaria que a situação era mesmo desesperadora e, de sobejo, me cravava a lição de que a vigilância e as medidas preventivas nem sempre atalham a desgraça, que, aliás, nunca se dá por satisfeita. Eu sou quem, por temer o desamparo, fabulava então uma lógica fajuta, me recusava a admitir que, já castigado pelo sumiço da mãe verdadeira, o destino tornasse a me perseguir, a me tirar os pés do chão, pegando pesado logo com aquela que, na qualidade de mãe adotiva, me abrandara o desconsolo de bezerro desmamado. Tanto é que, com poucas semanas em sua companhia, fui me soltando pouco a pouco. Recuperei a vontade de viver.

Infelizmente, naquele oco do mundo de então — tamanho de um ovo —, como maliciavam os mais brincalhões, não contávamos com nenhum recurso que nos acudisse num momento de aperto rodeado pela morte. O impasse ficou tão feio, tão fora de controle que, acometido pela consciência de nosso abandono, eu não tardaria a converter aquele gracejo numa súplica ardorosa: "Fazei, meu Deus, que o vaticínio lançado sobre a Madrinha seja mesmo leviano… Que não passe de um engano".

Naquela idade eu não sabia dimensionar as implicações decorrentes de nossa penúria. São cinquenta e seis anos. Os rapazinhos daquele tempo não éramos espertos como os de hoje. Nem contávamos com qualquer apoio assistencial que evocasse o ramo da medicina. Médico… ambulatório… enfermeiro… farmacêutico… ambulância… hospital… eram nomes que não corriam entre nós. Passei a primeira mocidade chamando médico de "doutô"; farmácia de "botica". Estávamos excluídos de um padrão de vida mais civilizado, que se regesse por uma ordem cidadã. Afinal, maternidades já haviam sido implantadas em algumas cidades de nosso Sergipe, mas eram praticamente inacessíveis às mulheres de nosso povoado. Nesse senão aquelas criaturas estavam relegadas à condição de bichos, desamparadas em todos os sentidos. Para completar-lhes o circuito dessa condição sem qualquer alternativa, via-se que, se olhassem para trás, já não punham tanta fé nas soluções mágicas e religiosas. Àquela altura, pouco se acreditava em rezas, santos, amuletos...

A coisa não era boa. De véspera, a Madrinha viera perdendo um rio de sangue que ensopara camisolas, toalhas e lençóis. Não lembro se ouvi o nome "hemorragia", mas a parteira Sinha Amália falara mais de uma vez em "sangria desatada". Era jeitosa, mas um tanto convencida, cheia de suficiência. Devotada, esforçara-se bastante, apelara para todos os recursos de sua modesta "medicina". Com um adendo: acompanharia a Madrinha no carro-de-boi pelas estradas lamacentas e esburacadas — pena que fosse uma criatura estacionada na estreiteza do lugar.

Com o tempo, me inteirei de que a nossa provação era terrível. Ali na Borda da Mata, lugarzinho ordinário e atrasado, tantas eram as vítimas ao dar à luz, que morrer de parto se convertera num acidente banal. O povo levava numa boa. Em condições análogas de feto enganchado, inúmeras mulheres haviam se finado. Corriam histórias de que a maioria delas abaixava a cabeça, desistia de lutar, largadas à própria sorte. Afeitas ao sofrimento das comparsas, sabiam que em situações semelhantes não adiantava lutar por alternativas impossíveis: o jeito era se entregar. Não havia outra saída. Aliás, nem sei se, na estreiteza do horizonte mental, cabia-lhes a expectativa de alguma outra escolha. Fatalistas e resignadas com o ditame do destino, elas desistiam cedo, a vida lhes ensinara que não costumavam durar. Sabiam, sim, da linha delgada que se interpõe entre a vida e a morte. Isso, sim, elas sabiam.

Cada novo filho que chegava podia assumir o lugar da mãe que partia. Mais das vezes, essa troca alvissareira, e por outro lado macabra, ocorria simultaneamente. Na tabuada de quase todas as famílias, enumeravam-se anjinhos órfãos, muita viuvez inesperada. Também havia solidariedade, sim, mas sobretudo nas sentinelas cantadas, nos velórios que varavam a noite e precediam a viagem ao cemitério. Sempre regados a cachaça.

Nessa questão toda é como se trouxessem a sensibilidade embotada pela própria tradição. Como se gerações e gerações tivessem, dia a dia, ano a ano, assimilando a mortandade, resignadas. E, com total indiferença, sedimentassem o pesadelo que já não lhes importava, passando o bastão adiante. É como se abraçassem do modo mais natural o fado das falecidas, conjuradas com situações que já tinham sido encontradas feitas, e que eram respeitadas, como se fossem sagradas.

Diante desse quadro, choveu meia dúzia de alternativas. Algumas delas, inclusive estapafúrdias, aventadas em tom de brincadeira. Até que, enfim, prevaleceu a saída mais razoável. Ali a Madrinha não poderia continuar, visto que os recursos locais tinham sido esgotados. Sendo uma professora esclarecida, filha de um homem bem de vida e casada com Teodoro, raciocinavam, seria uma maldade desnaturada deixá-la morrer à míngua, sem se tomar uma nova providência. O mais sensato seria mesmo acomodá-la num veículo rápido e confortável. Mas... como aviar um transporte à altura? É a pergunta que a seguir passamos a nos fazer.

Movido a tração cavalar, contávamos apenas com um singelo e tosco modelo de carroças para baldear mercadorias, mantimentos e toda sorte de bagulhos. Era lavra do próprio Teodoro Carpina, que, àquela altura, já não tinha a cabeça no lugar. Não se adequava a passageiros. Charrete e outras carruagens decentes só conhecíamos de figura. E a moda de sedans e automóveis ainda não chegara às nossas três ou quatro ruazinhas tortuosas e apertadas. Portanto, uma condução mais condizente estava fora de cogitação. Era um atraso de vida.

Choro… lamúria… clamores… A comoção é geral. Um monte de gente se comprime no alpendre espaçoso, aberto além da parede encimada pela platibanda. A cor da argamassa é indistinta, desbotada ao relento, mas persiste a guarnição de relevos em formato de ramagens, esverdeadas de limo. Fachada que chama logo a atenção, quase mesmo imponente, por ser única entre uma carreira de singelos telhados de biqueiras. Valia como distintivo do próprio Teodoro, como prova legítima de que também era um oficial diligente nos rudimentos da alvenaria. Estamos numa esquina da praça da Feira. Do lado oposto, rente ao meio-fio, o carro-de-boi está a postos, imerso num rescaldo da neblina que o solzinho vai esgarçando.

Carro-de-boi! Quem sacolejou o esqueleto nessa engenhoca condenada que o diga! Se é que não desconjuntou todos os ossos! Inclusive… o ligamento das canelas com os joelhos! Se, para qualquer passageiro saudável, a trepidação inclemente e a vagareza memorável eram suportadas como um pesadelo, imagine-se então o dano que não provocaria a uma gestante em trabalho de parto forçado! E que, havia semanas, já não conseguia montar em sela de banda (o famoso silhão, apropriado a saias e vestidos) por mais dócil que fosse o animal. Por que falo em sela de banda? Para calar os fofoqueiros. Para patentear que ela preferia o conforto à ousadia. Embora mulher resolvida e dona do próprio nariz, a Madrinha não era moderna e espevitada a ponto de se afoitar a cavalgar escanchada feito um homem, desafiando os costumes. Aquela Borda da Mata não admitia esses modernismos…

O carro fora limpo e aparelhado de véspera, com um toldo de esteira de taboa recurvado sobre um arco de cipó, amarrado à espiga dos fueiros. Na falta de um teto mais consistente, essa cobertura engenhosa servira a gerações. Remonta a nosso Império. Mesmo causando a impressão de frágil e periclitante, havia séculos se mantinha inalterada. Dessa vez, devido ao ditame imprevisível, foi preciso engendrá-la de afogadilho, correndo contra o tempo, em conformidade com a passageira cujas condições vulneráveis valem como um chamado de urgência, um clamor da vida contra a morte.

Apesar dos anos, reponho os pés dentro da cena. Estamos abrigados da chuva sob o telhado do alpendre. Espremidos uns contra os outros, de ombros encolhidos e braços encruzados pela frieza da manhã, acompanhamos os preparativos da partida. A essa altura, Sinha Amália já anda queimada da vida, pela contundência dos reparos de Teodoro à sua medicina rudimentar. Mesmo assim, embora bufando de raiva, reafirma a disposição de seguir pajeando e assistindo a parturiente até Aracaju. Ainda bem.

Ela adianta-se para as últimas diligências. Deixa o alpendre rosnando — com licença… com licença — até romper a aglomeração agitada. Ganha o pátio enlameado e avança para o carro abraçada a um colchão enrolado. Saltita sob o chuvisco. Mas saltita em termos, visto que caminha carregada, toma cuidado para não patinar, como se não lhe bastasse o peso do próprio corpo rechonchudo. Os passos vão resvalando no barro escorregadio de tal forma que a trouxa de panos oscila-lhe na cabeça, resguardada sob a sombrinha encarnada que o vento tenta arrebatar do pulso do rapaz que a protege espichando o braço pra cima.

A seguir, ela pousa a trouxa no tamborete do carro. Toma um alento, assopra com a chave das mãos pousada nas cadeiras. E só então desenrola e estende o colchão sobre o lastro envarado entre as arreias. Afofa-o com a ponta dos dedos, acomoda os cantos arrebitados ao pé dos fueiros e recobre-o com um lençol alvo e enfestado.

Alheio a tais preparativos, a atenção de Zé Carreiro concentra-se nos bois. Com a cara enfarruscada ali de parte, levanta os olhos até o alpendre, volta a conferir o horizonte e balança a cabeça em negativa. Parece deplorar: Virge! Há gente como formiga. Hoje a chuva não esbarra. Ainda vai cair um lote d'água. E meus bichinhos não gostam disso...

É evidente que se sente amolado com o vaivém buliçoso que irrita e inquieta os seus bois. E, do jeito que abana a cabeça enquanto perscruta as nuvens, já perdeu a esperança de uma manhã estiada.

Infelizmente, estamos naqueles raros dias de chuva desregrada. E isso piora tudo: empecilhos, que vão aparecendo um atrás do outro, atravancam e ameaçam a viagem... afetam e bagunçam a vida do povoado. Despenca uma rajada mais forte, e ele trota para apadrinhar-se na ombreira da casa vizinha. Esbate-se tanto contra a porta, encolhendo a barriga suprimida, que o talhe se estica mais esguio. O pé da vara está entalado entre as pernas, e da ponta encastoada, na base do ferrão, voltada para cima, escorre a água da chuva. Ele aproveita: esfrega e reesfrega as mãos uma contra a outra a banhá-las. Como é de praxe, não demonstra o menor comprometimento, o mínimo interesse em deferência ao momento, não liga para ninguém. É sempre assim: o mundo pode desabar à sua volta, desde que não afete a pachorra dos seis bois.

Pela natureza da situação, que de alguma forma o envolve, um cronista de hábitos urbanos diria que, no mínimo, falta-lhe civilidade e elegância, se essas palavras se encaixassem ali. Ou que essa postura ofendida confere que ele amanheceu maldisposto. Abstraído do alvoroço circundante, é como se não aguardasse a Madrinha. A cara de fastio também intriga a qualquer desavisado.

Hoje, porém, conhecendo lances de seu passado e vendo a coisa de tão longe, posso confirmar que o mau humor apregoado naqueles traços faciais duros e inalteráveis, parados ali na frente, não refletia um capricho momentâneo. O desprezo pelo semelhante era, havia anos, a sua postura habitual. O feijão com arroz de todos os dias, cujas raízes, àquela altura, ainda eram um mistério para mim. A cara amarrada refletia o entono insolente de quem se conduz à revelia do mundo. Era um cristão marcado pelo azedume. Pegara fama. A rigor, só se entendia bem com os próprios bois.

O pessoal está irrequieto. Veio mais gente. Ah, povinho curioso e alvoroçado! Comprimidos uns contra os outros, continuamos abrigados sob o telhado do alpendre. Acompanhamos, coado pela cortina do chuvisco, o vaivém em torno do carro. Muita conversa alta entre nós, uma verdadeira algazarra. Somos parte da confusão geral que precede a partida.

De repente, Teodoro Carpina aponta na porta do corredor. Veio do interior da casa. Trepida numa ânsia tão desesperadora, num sofrimento tão forte que todos silenciamos, voltados para ele, como se fosse uma aparição chagada. Está inquieto. Fareja o ambiente com o nariz afilado por cima das pessoas. Parece descontrolado. Procura Sinha Amália com os claros olhos penetrantes.

Lá adiante, com os braços sobre o lastro do carro, ela vai arranjando o colchão e os travesseiros de um modo que possam acolher e acomodar melhor a paciente, contra os percalços e o desconforto da viagem temerária. De repente, ele perde a paciência e alça a voz imperativa, de modo que seja ouvido mesmo com o barulho das bátegas no telhado:

— Acabe logo com isso, ô Sinha Amália. Quanto arruma-arruma é esse... ó criatura! Não tá vendo que a mulher já anda trespassada!

As palavras atroam sobre a chuva. Ao pé dele, muitos de nós abaixamos a cabeça, constrangidos. Lá rente ao carro, adiante do pátio, Sinha Amália empina a cabeça e aquieta as mãos. Está contrariada, mas não responde. É como se perscrutasse o silêncio depois que a última palavra vibra no ar chegando-lhe um gosto de açoite. Estacionara ali no carro há menos de dois ou três minutos; mas vejo que Teodoro, impaciente, regulado pelo tempo afetivo, vai achando que decorrera uma eternidade... que os seus braços roliços se movem em câmara lenta.

Ela abaixa a cabeça, curva os ombros e volta a reajeitar o lençol e a coberta, sacode e estende um e outro aos repelões. As mãos estabanadas afofam mais o travesseiro a golpes despropositais, reclinam as almofadas batendo com os punhos, como se fizessem gosto em machucá-las. Afinal, depois de tudo exageradamente arrumadinho, espiga-se aprumando a coluna e, com um tom de desforço provocativo, brama ao pé do carro para o alpendre inteiro ouvir, abanando as mãos.

— Tá tudo pronto, seu Teodoro. Ande logo. Pode trazer a mulher.

O marido que, atacado dos nervos, carpia a própria inutilidade há cerca de trinta horas, volta pra dentro de casa. Vai apanhar a esposa. Na pressa, escapole do alpendre aos encontrões, levando tudo na frente como um pé de vento, e mal emboca no interior da casa, no travejar de uma suspiração, já reaparece afervorado com minha Madrinha acolhida em seus braços, resguardada por uma montanha de panos.

A chuva aperta a tal ponto que, nessa hora da alvorada dos galos, só se ouve um ou outro canto perdido. Menos ainda a algazarra dos passarinhos. Anda tudo encolhido nos abrigos abafados pela chuva. Mesmo assim Teodoro não trasteja um único segundo. Já perdera muito tempo… está determinado a se molhar…

Atravessa o alpendre abrindo os cotovelos para forçar a passagem no ajuntamento dos abelhudos que ajudam ou atrapalham. O aguaceiro aperta. Ele carrega a mulher oculta e aninhada em seus braços. Avança para o veículo agreste com a solenidade sagrada de quem carrega um tesouro. Segue sob o resguardo do velho guarda-chuva com uma das varetas arriada que tenho dificuldade em ir segurando sobre o casal, a modo de uma cúpula protetora. Luto com o pé de vento que quase me arrebata das mãos frágeis o cabo volteado.

Lado a lado, vamos seguindo até o carro. Seus pés afundam na lama com vontade, em arrancadas violentas. As passadas se alargam. De forma que, mesmo trotando, mal consigo acompanhá-lo. Embica a cabeça e, com a ponta dos dedos, encalca o chapéu que afunda até torcer-lhe as orelhas. São apenas cerca de quarenta braças, mas como o carro parece longe...

Acolhida em seus braços, minha Madrinha não pode se molhar. O vento é forte. Inclino mais o guarda-chuva sobre eles, agora seguro com mais firmeza, mas isso não impede que o chapéu com que ele lutara comece a avoar. Com o seu inútil negaceio para retê-lo sobre os cabelos de fogo, a Madrinha estremece de susto e abre os braços, roçando os cabelos pegajosos no meu peito, como se pedisse acolhida. Maquinalmente, as mãos pálidas e molengas se espicham para o meu braço que se deixa comprimir. A minha adolescência se encolhe como se expelisse um contágio ou mau augúrio das falanges recobertas da carne emaciada, com a textura de geleia, portadores de uma sensação aterradora que até hoje me dá vergonha relatar.

As passadas de Teodoro repercutem a tenência de sua dor: avançam e abrem rastros, espirram água pra tudo quanto é lado: o solado do sapato vai ringindo sobre o barro encascalhado até estacar rente ao recavém do carro reforçado pelo gastalho, onde apoia os cotovelos, inclina os braços musculosos e, com as mãos abertas, põe a mulher dolorida na borda do colchão, resvalando-a docemente para o centro. É como se manejasse uma flor... depositasse uma oferenda.

Sinha Amália morde o beiço e vira os olhos para ele como se fosse plantar-lhe uma dentada. E, ainda com as feições duras, move a Madrinha, segurando-lhe os ombros. Enfim, encarrega-se de acomodá-la.

Despedida. Hora crucial agravada por ele não saber lidar com o infortúnio que destroça a mulher e também pela dúvida de ser ou não ser a derradeira. Calado, Teodoro frisa o cenho que mais parece um lajedo projetado sobre os olhos assustados. Prossegue indiferente à corda de chuva que lhe escorre pelas costas, como se batesse numa estátua. Conturbadíssimo, mareado, mal destrava os dentes para soltar estas palavras:

— Deus acompanhe a todos. Assim que sossegar os meninos, fecho a *tenda* e ganho logo a estrada. Ainda alcanço vocês no meio do caminho. — Um sorriso tímido se esboça no tentame de reanimá-la, mas não chega a encher-lhe a face, que começa a tremer. Nesse momento suscetível, ela suplica:

— Olhe pelos meninos, Teodoro. Olhe pelos meninos… Cuide bem de seus filhos.

Pra disfarçar a comoção que o domina, ele se volta para mim. E eleva a fala cavernosa, entrecortada do indisfarçável tom de conivência. E, então, repisa a mesma promessa que acabara de fazer à minha Madrinha, avivando assim o pacto que havíamos selado anteriormente. Fala somente para que ela possa ouvi-lo.

— Logo-logo vou no encalço de vocês. É só o tempo de sossegar os meninos espalhados na casa de Alexandre Hosana. — Aponta o queixo para mim: — O nosso Valdomiro aqui segue em meu lugar. Não deixe faltar nada à sua Madrinha. Ouviu?

Ela escuta direitinho e então suspira com um ar de riso que não chega a quebrar a tristeza que lhe ensombra o semblante consumido. Sabe, por experiência de tantas outras vezes, que ele está esgotado. Não aguenta mais vê-la prostrada. Se o sofrimento persistir… é bem capaz de se matar. Está certa de que aquelas palavras não se cumprirão, que caminhará sozinha até o seu destino…

Mal se despedira da mulher, rodopiou nos calcanhares e saiu travejando das passadas incertas, como um cavalo trôpego das pernas que estão cansadas. Um menino vem correndo e entrega-lhe o chapéu que avoara. Na baeta encharcada, ele esconde a cara deformada pela dor. Está molhado como um pinto. Os pés enérgicos voltam a barulhar no terreiro empiçarrado e, devido à altura desmedida, as pernas de compasso seguem meio tortas, quase a desabar. Após outra rodopiada como se estivesse perdido, ele enfim pega o prumo e só esbarra na soleira do alpendre. Esfrega os pés no capacho de arame, que retém parte da lama. Resvala, entre nós, com um semblante tão carregado, um silêncio tão grave, que outra vez nos calamos, enquanto ele desaparece corredor adentro.

2

Conta-se que, nos primeiros anos da década de quarenta, circulava entre nós um calendário religioso polpudo e prestigiado. A presença da Igreja era tão fortalecida e espalhada, tão onipresente que, antes de pôr o pé na década seguinte, a Madrinha recebera recomendação de uma tal Secretaria para embutir Catecismo e História Sagrada no currículo de sua modesta escolinha. A Santa--Missão, a Semana Santa e as Novenas do mês de maio contavam com um rebanho de devotas animadas. Havia noitadas em que a frequência era tamanha que não cabia na capela. O fervor religioso no entoar das rezas e dos hinos, tolhido num lugar tão apertado, era mesmo excessivo. Vazava pelas janelinhas onde os homens se apinhavam. A despesa desses festejos era bancada com a arrecadação das prendas leiloadas. Se a conta não fechasse, seria coberta pelas famílias bem arremediadas.

Nessa altura, Teodoro chegara a Rio-das-Paridas no coice de uma tropinha de mulas, a convite de Alexandre Hosana, sobrinho do antigo pároco. Era justo o mês das novenas. Consta que haviam travado conhecimento nas estradas, onde fizeram sólida camaradagem. Hosana também dava uma de tropeiro, mas só por esquisitice ou, como gostava de explicar, por mania de azeitar a vocação.

Como tinha condições, dava-se ao luxo de ser zeloso e partidário da boa aparência em geral. Daí que antes desse retorno com Teodoro a tiracolo, conforme os desafetos proclamavam, ele resolvesse dar uma boa barrigada às mulas até que limpassem o pelo, enchessem os quartos e, enfim, ficassem mais apresentáveis, para não pisarem na cidade esqueléticas, estresilhadas, fazendo feio.

Enquanto aguardavam que as mulas ficassem mais vistosas e manteúdas, ele e Teodoro, em sociedade, combinaram de improvisar um fabrico de bombom de mel de abelha, num lugarzinho chamado Raspador, onde também mercadejaram rapadura, querosene, fumo de rolo, requeijão. Ficaram ali por cerca de dez meses. Lutaram muito, mas não conseguiram prosperar. Após o tapa na cara, concordaram entre si que nenhum dos dois levava jeito para o comércio.

Foi justo num daqueles leilões movimentados que Teodoro, recém-chegado, arrematou um frasco de perfume e, num arranco desabusado, mas nem por isso menos amoroso, o depositou, pessoalmente, nas mãos daquela jovem que logo-logo viria a ser sua mulher: e, quatro anos e meio mais tarde, a minha própria Madrinha.

Imagino que a oferta em si não tenha sido novidade, não constituía um agravo irreparável, não fosse o detalhe de ter sido protagonizada por um forasteiro que mal acabara de pôr o pé na cidade com o chapelão na cabeça, o lábio inferior rachado pelo sol, o buranhém entrançado nos braços, esporas de níquel no calcanhar e um três oitão cano longo na cintura. Não podia mesmo causar boa impressão. É natural que, poucos dias mais tarde, no supradito leilão, a rodinha dos rapazes se sentisse provocada.

— De que buraco saiu esse galego grandalhão?

— E de arma na cintura! Daqui a pouco essa barata descascada quer mandar em nós.

— E bulir logo com quem! Com a menina do olho de Saturnino!

— Esperem só pra ver! Aposto que tanto ela quanto o velho vão mandar o varapau se catar.

Daqui pra frente, esse episódio que imagino vai me render muitas palavras somente porque a disposição da mocinha contemplada, ao aceitar o frasco de perfume, não apenas contrariou a expectativa dos rapazes, como também foi bastante acolhedora. Consta que, desde então, o apego lá entre os dois pegou fogo, progrediu com tanta sofreguidão que, se devidamente bem aproveitado, forneceria matéria para encher um almanaque escandaloso. O velho Saturnino é quem ficaria realmente trespassado. Tomou as dores para si e reagiu punindo a favor da filha. A ocasião não era para menos. Conforme o feitio de sua natureza desbocada, pintou e bordou, não sem antes ir à filha.

— Eu não acredito. Você… minha filha! Onde é que anda o seu juízo? Pois uma moça tão bonita e prendada. Uma fada! Uma professora de canudo na mão! E se entregar ao primeiro forasteiro que bota a cara na estrada? Não. Não pode ser. Assim você me mata de vergonha… de desgosto…

Bem, essa humilde imploração foi só o começo. E o velho já foi caindo fora. Não permitiu que ela abrisse o bico para se manifestar. Não lhe dava esse direito. Na sequência dos dias, diante da renitência silenciosa da filha, que não abaixava a cabeça e continuou a se encontrar com o "infame", ele proclamaria abertamente:

— Isso aqui não é as holandas, onde só tem putaria. Eu não me amedronto com tamanho. Ele não desaparta de sua arma na cintura... e nem eu desta minha, que, aliás, nunca me negou fogo. — Apontava a garrucha pra cima, puxava o gatilho e o chumbo subia para as nuvens. Abanava o fiozinho de fumaça balançando o pau de fogo ainda empunhado. E arrematava: — Se esse grandalhão do beiço roído e do cabelo de fogo andar perseguindo a menina, como, aliás, anda, vou capar o atrevido a macete. Ora, se não vou!

O destempero do velho chegara a tal ponto que, nos quatros cantos da cidade, não se falava de outra coisa. Tomava-se partido. Uns pra lá... outros pra cá...

Os pais de família mais ajuizados, aqueles que na certa tinham filhas em ponto de casar, condenavam o agarradio, nas conversas costumeiras sob a sombra do coreto da pracinha. Bravateavam que o velho estava coberto de razões. Não fugia à responsabilidade. Era zeloso. Não fazia mais do que a obrigação de salvaguardar o decoro social, a reputação da própria filha que pode não ter herdado a sua birra, agora digo eu, nem o destempero ostensivo, mas decerto era mais enérgica, mais decidida, mais cabeça-dura. Como pedagoga, lecionara dois anos na Escola Municipal Canuto Reis. Mas, como não pudera conviver com a situação política, saíra pisando duro, de pescoço erguido. Só abaixava a voz perante a religião. De forma que o embate entre pai e filha foi meio feio.

A vida pregressa de Teodoro era, de fato, uma caixa tampada. E a maneira suspeitosa como acabara de chegar ali só poderia mesmo levantar dúvidas, alimentar maus pressentimentos, piorar as coisas. Seu passado era um mistério submerso no silêncio que instigava a imaginação da rapaziada que tinha como hábito espantar os forasteiros. Nas semanas seguintes, especulou-se... especulou-se... e não foi encontrado nada que o desabonasse. Hosana é quem podia saber de alguma coisa. Foram a ele mais de uma vez. Chegou a perder a paciência com tamanha insistência, mas sempre confirmando, com a maior convicção do mundo, que o amigo Teodoro não passava de um santo.

Restava o revólver cano longo que podia ser, aos olhos de hoje, o mais difícil de engolir, o único indicativo a comprometê-lo na ordem do rigor, isso se as histórias verdadeiras não depusessem o contrário. Mormente naquele tempo, as estradas andavam infestadas de malfeitores, cangaceiros e de tudo quanto não presta. Daí que, em contrapartida, a prevenição fosse um reflexo de defesa, uma conduta automática e usual. Ninguém se arriscava a bater aquelas brenhas mal apetrechado, sem portar pelo menos uma garrucha, uma pistola, um revólver, um parabélum ou qualquer outra arma de fogo bem acreditada.

À primeira vista, Teodoro era, de fato, sem tirar nem pôr, um tipão mal-encarado. A largura dos ombros, em contraste com os quadris estreitos, a altura desmarcada e a cabeleira ruiva saindo aos tufos pela traseira do chapéu lhe conferiam um porte atlético que provocava muita estranheza entre nós, uma população de tampinhas entroncados. Pra ser justo e verdadeiro, nem convém se comparar. Movia-se e se pronunciava com uma paciência estudada, como se cumprisse à risca um script já manjado, ou como acho que deva ser a postura de um filósofo. As manoplas enormes escapavam dos punhos escuros abotoados, e, de tão alvas, eram irrigadas por um tom rosado. O bigode ruivo e fechado, como a crina de um cavalo melado aparada, não tinha as pontas retorcidas, nem lhe caía emaranhado sobre os lábios, feito aquelas bigodeiras cultivadas com o único propósito de meter medo nas bestas. Estava longe disso. Mas, abaixo do nariz fino e elegante, quase sem as asas, chegava-lhe à face um não sei quê de afronta e destemor, fortalecido pelos sobrolhos salientes e ossudos que guarneciam os olhinhos redondos e bem definidos, mas em geral inescrutáveis, como se estivessem nas órbitas para lacrar o próprio mistério. Quando ele franzia o cenho a ponto de riscar a testa de uns franzidos, os traços agressivos se pronunciavam.

Mas, graças a Deus, esse semblante insondável não combinava com a calma e a serenidade que lhe adoçavam as palavras. A fala sussurrada e macia cativava. E, ajudada pela razoabilidade, ganhava o caminho do coração. Com poucas semanas, o pessoal que o apelidara de lagarta de fogo devido aos pelos ruivos cruzava com ele e já não reparava… ou colhia mais embrandecida impressão.

A coisa andava nesse pé, quando, mais uma vez, Alexandre Hosana veio a ser sua valência. Sensibilizado com as aperturas do amigo apaixonado, conferiu-lhe oportunidade de se estabelecer como lavrador na Borda da Mata, visto que as alternativas de trabalho ali eram minguadas. Entabularam negócio. Apanhou as quatro mulinhas velhas e cansadas de Teodoro e, em troca, lhe passou um dos melhores lotes de chão para botar um roçado. Uma chá de terra cobiçada e opulenta! Pena que Teodoro não fosse homem de lavoura. Àquela altura, o seu negócio era casar. Inflamado pelo desejo de constituir família, ainda se botou a mexer com a terra, mas só fez passar vergonha. Com aquele corpanzil que Deus lhe deu, não conseguia sequer encurvar-se no manejo da enxada. A namorada ou coisa que a valha, essa, sim, lhe vadiava na cabeça o tempo inteiro. E ele, sendo homem de opinião, precisava criar condições de tê-la por perto, de dar seguimento às coisas do coração.

Não demoraria a torrar a terra nos cobres. Suponho mesmo que, ao adquiri-la, já estava de caso pensado. Com o dinheiro no bolso, comprou então uma morada razoável. Casa espaçosa, em cujo oitão, futuramente, faria uma puxada para montar a escolinha. À viúva ainda fresca e inconsolável do finado mestre Bertolino, que morava ali pertinho e ainda recebia as visitas com os olhos no chão e um pano preto enrolado na cabeça com uma aba pendurada que lhe tapava parte da cara, Teodoro propusera negócio com tanta urbanidade e gentileza que, apesar do momento de luto, portanto inoportuno, terminaria lhe comprando um caixote com toda qualidade de ferramentas que lhe serviriam ao ofício.

Mais tarde, ele mesmo comentaria que fora um negócio de ocasião. As ferramentas lhe custaram uma bobagem. Compra casada. Visto que ficou também com a tendinha destiorada onde o finado Bertolino trabalhara, e em cujos fundos havia um pátio aberto que servia de abrigo, em dias de festejos ou de feira, a carros-de-boi, burros de carga e cavalos de sela. Tão apertada que, a seguir, o saldo de cada dia de labuta (o amontoado do pó de serra, maravalhas, cavacos, pontas de pau e outras aparas de madeira) lhe chegava ao meio das canelas.

Nesse entrementes, em Rio-das-Paridas, o namoro continuava sendo alvo das línguas ferinas, habituadas a descascar a vida alheia. Teodoro vivia um momento de aflição: corria pra lá... corria pra cá. Daí a poucos dias rebentaria escândalo maior. Houve quem visse o casal abraçado fugindo de marinete para Simão Dias, de onde, depois de apenas uma semana, voltaria abençoado pela Santa Madre Igreja, direto para o lar que iriam construir.

Pronto. Agora formavam um casal. Cabia ao homem arcar com as despesas. Ele não se fez por esperar. Começara a se remir aprontando gamelas, cochos, banquetas, tamboretes, colheres de pau e outras miudezas da carpintaria. Com tamanha habilidade, passara a se expor um pouco, pelo menos naquilo que concerne à profissão. Na falta de alguma pista mais concreta e detalhada, esses indícios embutidos no trabalho foram bastante especulados, visto que ele não demonstrava nenhum prazer em se reportar ao passado. Falava vagamente que era goiano — sorria... pilheriava... dava de lá... dava de cá... — mas sem precisar sequer o lugar onde nascera.

Manejava a enxó, a plaina, o serrote e um rol de outras ferramentas com uma destreza incrível. Conforme comentavam: entendia-se com o seu meio de vida. Enquanto empunhava o escopro ou a goiva para abrir entalhes numa peça mais delicada, entrava com assobios e cantarolas, como se os lábios e a garganta fossem o prolongamento das mãos; janelas da alma por onde vazavam os sentimentos e lhe banhavam o aferro consagrado a seu pendor. Era como se brincasse com as ferramentas. Fazia gosto de olhar...

Artesão vocacionado, devia ter muita estrada no ofício. Convertia qualquer toro de madeira em objetos de uso. Estabelecera para si mesmo um padrão de qualidade acima da maioria dos artífices do ramo. Era a antítese daqueles remendões que regateiam e mercadejam com o olho avaliando a condição pecuniária do freguês a quem vale a pena explorar.

Esteve ali na *tendinha* adquirida da viúva uma média de dois a três anos, até reunir um cabedalzinho pra montar a *tenda* definitiva num espaço mais amplo, menos desconfortável e com melhor acabamento, embora estivesse longe de ser um ambiente refinado. Mal inaugurara o novo ponto mais adequado ao comércio, os artefatos fabricados foram ficando mais conhecidos e conquistando melhor acolhida. Eram robustos e vazados em madeira legítima, condizentes com a freguesia habituada ao manejo de artefatos que duravam… duravam… como se jamais fossem acabar. E, com a boa fama ano a ano espalhada por toda a região, passaram a ser literalmente arrebatados.

Ali na Borda da Mata Teodoro tornara-se um caso à parte. Laborava por conta própria. O que me ajuda a dizer que o seu ganho de vida se ajustava à singela cadeia produtiva do nosso apoucado meio social. Avesso a atravessadores e a quaisquer rudimentos de reclame, dispunha de sua mercadoria com muita facilidade. Logo mostraria que, ao contrário do que aparentara, era homem de costumes morigerados, sobriedade espartana e sobretudo com um código de vida talhado na dureza. Destacava-se pelo trato cordato, a conversa macia, o sereno humor inalterável. A sua reputação inabalável de cidadão respeitoso também se estendia à distinção e polidez com que cumprimentava todas as pessoas. Indistintamente. Até mesmo com um leve toque de dedos na aba do chapéu, uma deferência, pelo que me consta, já então caída em desuso.

À medida que a demanda crescia, vizinhos malsucedidos, de olho grande — desses que formigam em qualquer canto do mundo —, se coçavam incomodados. E, para subtrair-lhe os méritos, espalhavam nas rodinhas de conversa:

— O mercador tá matando o artista. A *tenda* de Teodoro tá virando um comércio varejista.

Uma parte era verdade: ele nunca se empenhara em vender a grosso. Era daqueles artistas que gostam de olhar na cara do freguês, saber quem preza a sua arte. Mas, no que concerne à primeira imputação, os termos não condizem com a verdade. Ocorre que, naquela quadra tão distante, não havia na região nenhuma indústria sequer incipiente. De alguma maneira, o atraso beneficiava o artesão. Verdade é que lhe choviam tantas encomendas que, mal comparando, eram rios que corriam para o mar. Uma e outra caravanas a cavalo afluíam das cidades vizinhas no faro de seus artefatos. Chegavam com animais de carga. Levavam quase tudo. E o restinho da mobília que ficava era disputado por eventuais tropeiros que, retornando de Simão Dias, circulavam por ali estalando o buranhém no lombo das mulas. Pra não arcarem com o prejuízo total, visto que a tropinha voltava descarregada, eles compravam quase tudo. Assim, remiam parte do prejuízo.

Enquanto aprendia alguma coisa com Teodoro, passei a imaginar que, em todos os tempos, há fregueses exigentes assim: batem léguas e léguas no encalço da mercadoria que apreciam. É como se buscassem alguma coisa que lhes faltava, uma compensação inconsciente; como se atendessem a uma exigência do coração e dos sentidos. E só se dão por satisfeitos quando conferem que a qualidade do artefato é legítima e de primeira ordem. Padecem da mesma mania dos colecionadores inveterados. Teodoro não era tolo, aproveitara as circunstâncias favoráveis para ampliar o seu comércio. Ainda assim, a lisura e a despretensão eram tamanhas que jamais se prevaleceu dessa maré alta. Não consta que extorquisse algum freguês ou que impusesse pagamento adiantado.

Mas não vá se pensar que, talhando as suas peças num povoadinho tão atrasado, fosse reconhecido oficialmente como artista refinado ou por outras palavras que lhe salientassem a sutileza. Não... não. Isso aí é outra história! Mesmo porque, além de não ter leitura, vivia longe das praças e confrarias cavilosas onde se conferem e flexionam tais palavras. Em compensação, como diziam no jargão local — *era um carpina como poucos, era um mestre de primeira*. De fato, acompanhava-o, boquiaberto, a talhar peças e mais peças com uma facilidade espantosa.

Apesar de assim bem-sucedido, não era um cidadão gregário. Não andava de dente aberto e de mãos estendidas. No capítulo das relações humanas, era mesmo bastante refratário. Dizem até que, nos princípios, só punha os pés fora do batente de casa com os olhos inquietos vasculhando os lados. Como se suspeitasse que o vigiavam. Como se o seu passado comportasse, de fato, algum malfeito impronunciável. Suponho que sejam simples histórias criadas pelos linguarudos. Mas posso falar como certo que a partir dos idos de 1945, quando então passei a viver em sua companhia, ele só arredava os pés de casa pra arrastá-los até a *tenda*. Excetuando as vezes que íamos tirar madeira na mata do Balbino. Seguíamos cedíssimo, visto que, por ser um branquelo arruivado, ele evitava tomar sol no beiço roído, que trazia sempre coberto com uma folha fresca pra amenizar as ondas de calor. Nunca o vi de revólver na cintura. Mas nesse percurso fora do povoado ele o conduzia num bolso falso da capanga. O mesmo revólver que escondia enrolado num pedaço de sola de vaqueta, no fundo da gaveta das ferramentas, trancada por um cadeado de ferro.

Seu mundo inteiro cabia na própria casa, onde a mulher reinava com o seu consentimento, e na *tenda*, onde, aliás, ele se mexia o dia inteiro, conforme requeria a grande quantidade de encomendas que o levara a contratar uma média de três pra quatro ajudantes. Não posso dizer que era um sedentário, mas posso afirmar que o seu recolhimento pessoal frisava muito bem com a própria natureza.

Não tomava conhecimento dos ociosos cabos eleitorais que, sob a tutela dos coronéis de Rio-das-Paridas, assentavam o traseiro na nossa meia dúzia de calçadinhas, fazendo moa e cabalando votos entre fofocas, promessas e intrigas. Agia diferente do velho Saturnino, que, por exemplo, se opunha à oligarquia dos Canuto e arrasava de nomes feios os seus seguidores. Sempre aquele mesmo grupinho que, de inverno a verão, terminava estacionado à sombra do cajueiro da Pracinha. Diante do porte estranho da conduta reservada, dos olhinhos indevassáveis não dava outra: o povoado se ressentia. Especulavam sobre seu passado, acusavam-no de desordeiro, de soberbo, de aproveitador. Metiam-lhe o pau:

— Ô homem metido a besta, meu Deus.

— Debaixo dessa catadura calada, coisa boa é que não tem.

Outras pessoas pegavam mais de leve:

— O desprezo dele é bobagem. É eiva dessa racinha de artista...

Não frequentava a Capela, apesar dos apelos da própria mulher, que organizava e tomava a frente das novenas. Era a zeladora da nossa padroeira. Não compartia trabalho coletivo como tapagem de casas, batalhões para limpeza das roças ou colheitas, mesmo no ano em que adquiriu a terra de Alexandre Hosana e andara mexendo por lá. Jamais se associou à nossa polêmica cooperativa. Não engrossava os mutirões na casa de farinha. Nunca, nesta pura vida — o pessoal se queixava —, rapara uma raiz de mandioca. Não tomava parte em batizados, casamentos e velórios. Não retribuía as prendas de Natal, Ano-Novo. Não festejava o São João. Não se ligava em aniversários, leilões ou quaisquer eventos na lista das tradições ou mesmo eventuais. Jamais pusera os pés na feira do sábado. Desconhecia as festas cívicas. Nunca pagara uma visita.

O povo cochichava que debaixo de tanta reserva devia ter alguma culpa cabeluda. Ora, se não tinha! Um oficial tão fino e, sem mais nem menos, vir esbarrar logo aqui! De fato, da maneira inopinada como vimos que chegara a Rio-das-Paridas, só podia mesmo despertar desconfiança. E como se isso não fosse suficiente para suscitar a antipatia geral, ainda houve o agravo de não dar bolas para as ameaças do velho Saturnino depois de carregar a sua filha. Disso aí, o povo não gostou. Entre nós, o bairrismo e o pudor familiar prosperavam. Foi como se o desafio ofendesse muito mais do que o pai da moça, que passara dias ciscando com os dois pés e, logo a seguir, chocando a própria ira. A população quase inteira se agastara. Em conversa uns com os outros, levantavam de seu passado os crimes mais ferozes que conseguiram imaginar.

Somente a Madrinha estava a par de seu passado. De certeza. Isto é, minto. Hosana podia desencavar qualquer coisa. Mas este era um cadeado, assim como ela era fiel guardiã da vida íntima da família. Impunha-se com tal vigor e convicção, que não havia ninguém no mundo que ousasse levantar o assunto em sua frente. Nem por alusões. Era o seu homem — e pronto! E não consta que Teodoro ficasse amedrontado ou perdesse o sono devido ao falatório. A verdade é que com aquela conversa macia, satisfeito da vida, largava os compromissos de convívio na mão da mulher, que era uma criatura mais despachada e bastante resolvida. Enfim, não ligava para essas veleidades que dão altura à cidadania e projetam o indivíduo na escala social.

Jamais declinara da patente de marido amoroso. Até destoava por ser excessivamente cioso dos cuidados com o seu par. Nesse ponto, coitado dele! Com qualquer resfriadinho besta ou outro incômodo inconsequente que triscassem na mulher — a sua cabeça entrava em parafuso. E, enquanto durasse o pequeno sintoma que ele chamava de *transtorno delicado*, não botava os pés na oficina. Era o seu único ponto fraco. Era como se ficasse amalucado. Não se reconciliava com a vida. A grande ironia por se viver assim um grande amor é que o sujeito se atrela cegamente à lei da compensação. Não há escapatória.

Com qualquer aperreio que encostasse na consorte, aquele potente e corpulento jequitibá descascado amolecia, ficava atarantado como se carregasse um peso enorme atracado às suas costas. Perdia a graça de viver. Enfim, tornava-se sumariamente imolado por qualquer revés que afetasse a mulher. De qualquer forma, quem sabe lá! O teatro instintivo do momento da partida deve lhe ter servido para espantar os morcegos que lhe rondavam a consciência.

Aquele pequeno diálogo da despedida entre os dois — retomo aqui — foi menos desastroso do que nos possa sugerir. Ela conhecia os limites de seu homem. Combinavam-se por secreta e especial telepatia, inteligível somente aos que se amam. Sabia que ele não tinha nervos para segui-la até Rio-das-Paridas, muito menos a Aracaju. Por isso mesmo, apesar de sua condição adversa, não se mostrava desapontada. Habituara-se à maneira excêntrica de o marido se doar. Olhando pela face afetiva, acolhia essa pancada de fraqueza como uma espécie de lisonja.

Naquela despedida, envergava o paletó de mescla azul e o chapéu de baeta que saíam da arca de cedro somente em ocasiões especiais. Imagino, hoje, que o traje serviria para completar a encenação. Era o recurso convincente que tinha à mão e que melhor lhe acudira pra persuadir a mulher de que se enfarpelara unicamente porque estava determinado a acompanhá-la até o fim. Até os sapatões duros cheiravam a naftalina. Mas, ao contrário do que essas palavras minhas possam sugerir, adianto logo que ele fora movido pelas melhores intenções.

De fato, mal se planeara a viagem, ele apertou-me o ombro e arrastou-me pelo braço. Atravessamos a rua e embocamos na *tenda*. Abriu os braços apontando algumas peças inacabadas e soltou de lá num fôlego só:

— Veja este moringueiro ainda desconjuntado... preciso aprontar as arreias daquele rodeiro... desbastar este tabuado das portas e depois ainda chanfrar as quinas vivas... Tudo isso encomenda atrasada... aquele ali, então, o guarda-comida sem as treliças, já era pra ter sido entregue a semana repassada. Como você vê, Valdomiro, é serviço que não acaba mais. Não posso fechar a *tenda*. Nem os rapazes dão conta. Não posso... não posso. Senão a freguesia me engole...

E loquaz, com a língua destravada pelo nervosismo, prosseguiu: tererê... e tororó... e tererê... A princípio fiquei boiando. A partir de certo ponto da conversa, me adverti do negócio, senti a vermelhidão das orelhas. Espantei-me. Já estava sendo invadido pelo medo. Procurei mentalmente uma saída que, ao mesmo tempo, se coadunasse com a situação e justificasse a minha recusa. Mas ele não me deixou objetar. E, devido à ascendência que tinha sobre mim, terminei ouvindo tudo caladinho, cem por cento convencido do ponto a que ele ia chegar...

— Então, devido a esse aperto todo, tô encarecendo que você faça a minha vez. Que olhe por sua Madrinha e mãe de adoção. Num momento deste, todo cuidado é pouco. — Parou aqui, engolindo um soluço embargado. E reatou: — Numa viagem assim arrepiada, sempre é aconselhável uma pessoa sobressalente e que seja da família! Uma pessoa nova e disposta, no meio da comitiva: um rapaz que possa acudir em um tudo quanto não seja com um recado ou qualquer outra precisão. Seu irmãozinho mais velho ainda não tem idade para isso. Só resta mesmo você. Pode ir amontado em Castainho. — Era o único cavalo que possuía. Montaria já meio idosa, mas da maior estimação.

Viera a mim num tom titubeante. Não me encarava. Eu mal via os olhos que ele guiava para os lados com a cabeça inclinada para o alto como se fitasse a camada de pó de serra que recobria os caibros do telhado. Não conseguia disfarçar o desconchavo interior. Mesmo assim, empenhava-se em me arrastar a suas razões, numa falação desenfreada, sintomática de seu destempero nervoso quando alguma coisa fora do lugar ofendia a Madrinha. As feições do rosto se alternavam: ora se cobriam de uma aflição descarnada, ora afetavam um ar natural. Sabia que estava comprometendo a sua responsabilidade. A missão que me destinava só devia ser cumprida por ele. E mais ninguém. Talvez por isso mesmo, falava fora de si. Era uma tarefa intransferível.

3

Eu ainda era um meninão. Estudava leitura na modesta escola da Madrinha, aparelhada no oitão aberto para o nascente, com o aval do próprio Teodoro, que custeava todas as despesas. Creio, hoje, que nem tanto por razões filantrópicas, como para confortar a Madrinha, vê-la expandir-se à vontade, sem que arredasse o pé da própria casa. Mais do que isso, porém, eu ia apanhando lições da própria vida tão cheia daquelas proverbiais quinas e curvas que não são moleza e costumam criar calos nos filhos adotivos. Ou em qualquer outro rapaz que queira se emancipar.

Não sei por que tanta gente entendida faz de uma simples adoção um cavalo de batalha. Levianamente, insistem em rejeição, em cuidados especiais, em terapia, em mente estropiada. Soltam palpites tendenciosos, como se todos os casos servissem ao mesmo figurino. Leio isso em livros e jornais, assisto em filmes e em programas televisionados, mas nunca vi no papel ou nas telas um filho adotivo manifestar a sua gratidão à família que o criou. Alguma coisa está errada. Nunca ouvi alguém se reportar ao sacrifício dos pais. Nunca! E a palavra *madrasta* foi convertida em alguma coisa que fala por si mesma. Tem mais. Se, por isso ou aquilo, o tal filho se desencaminha — cai no crime ou se droga —, os educadores atiram a culpa sobre os pais.

Invariavelmente. Em casos assim uma verdadeira bateria de assistentes sociais fareja longe. Acodem depressa e já clamam por justiça, erguendo, acima da cabeça, as mãos acetinadas. E, embaladas pelo mesmo movimento, se espicham no bico dos pés a sacudirem, na ponta das longas unhas manicuradas, um catatau de regras e de leis irrefutáveis apropriadas à ocasião. Palavras que dão cadeia e destroem reputações.

Outra coisa. Em casa, eu detestava aqueles penetras pegajosos que entram em morada alheia esbanjando familiaridade e vão logo se expandindo, cheios de direitos. Vazando suficiência. Abrem os braços com a cara mais lambida deste mundo, descarregam uma carrada de palavras, esbanjam intimidade excessiva, como se fossem da casa. Outros, muito ao contrário, agiam à sorrelfa: veleiros... capciosos... dissimulados... Não eram menos terríveis. Alongavam-se de mansinho como felinos... uma pata aqui... uma pata ali... até o bote fatal — que era de arrepiar. Todos eles encapuzados em segundas intenções.

Incluo aqui mais uma variante desses verdadeiros predadores: meia dúzia de politiqueiros desprezíveis que viviam de coagir e intimidar o povoado. Se prevaleciam da ignorância dos matutos. Conforme o caso, iam da violência truculenta e declarada à falsa e labiríntica persuasão. Invocavam regras e leis cuja extravagância confirmava a impostura.

É verdade que eu não vivia no céu. A vida nunca fora um mar de rosas. Levei muita descompostura na mão de Teodoro em cuja *tenda*, no princípio, não sabia sequer bater um prego; estive de castigo com frequência por simples vadiação ou por não saber as lições na escolinha da Madrinha. Mas isso me fez mais entendido das coisas e mais forte, me robusteceu para os desafios que me aguardariam pela frente. Ai de mim se não fosse aquela escola...

E, até antes de chegar a esses dois, o destino já me encaminhara a sopesar as contingências. Mesmo assim, devido a um rescaldo de inocência, custei a entender as farpas que a maldade humana destinava a Teodoro. Se tinha paciência na voz, se era sistemático, bom aconselhador e, de modo difuso, até muito respeitado, por que riam dele pelas costas? O que existiria a mais de enigmático além das conjecturas fabricadas sobre a sua aparição? Por que tantos gracejos sussurrados entre risadinhas salpicadas de murmúrios?

Não me sentia bem assistindo a essa presepada. Comecei a farejar por exclusão. Bem, a tacha de puxa-saco não podiam lhe botar. Estava fora de cogitação. Sempre fora indiferente a políticos e grandolas; o oposto do sogro Saturnino que vivia a pedir votos. Era, não digo propriamente temido, mas um tipão com quem, pela própria corpulência musculosa e também pela origem obscura, não se devia brincar. Não ocupava posição prestigiosa na escala política e social da região. Não possuía bens tangíveis nem outra ocupação condigna que o elevasse na escala social a ponto de despertar cobiça na mente dos invejosos que frequentavam a rodinha do cajueiro.

Eu andava inconformado. Fui aos mais conhecidos com perguntas tolas, abordei também os colegas de escola, andei escutando algumas pessoas na feirinha. Mas, talvez pela minha falta de jeito e de alguma diplomacia, não cheguei a colher coisíssima nenhuma. Dias mais tarde, quando já deixara a investigação pra uma banda, a sorte me procurou numa hora inesperada. Não despendi o menor esforço. A explicação do mistério é que veio a mim. Indo aviar uma receita de purgativo na botica de Otaviano, escutei um pé de conversa onde ele mesmo saiu com estas palavras:

— Teodoro só tem tamanho. A mulher é tão bem equipada que lhe tomou o fôlego. De portas adentro, a besta não passa de um pau-mandado...

Não escutei o restante que deve ter sido alguma safadeza cabeluda, visto que foi abafada pela altura das risadas. Otaviano chegava a chiar... e os demais fizeram coro a ponto de ficarem sufocados.

Pronto. Minha primeira reação foi de revolta pelo simples fato de ouvir o nome de meu tio envolvido num comento amolecado e desairoso. Aquilo não era justo. Mas como a minha expectativa inicial comportara algum malfeito gravíssimo, uma surpresa tenebrosa, senti que aquele simples deboche não se coadunava com o bicho de sete cabeças que a minha fantasia vinha engendrando e que tanto me fizera latejar o coração. Mal acabei de ouvir aquela risadagem safada, ainda caminhando pela rua, comecei a me indagar, meio aparvalhado: Então... é somente isso? Com toda sinceridade, a descoberta me trouxe certo alívio, visto que anulara a expectativa de alguma infâmia ou torpeza impronunciável que, na verdade, vinha me judiando. Eu já andava encasquetado.

No entanto, o incidente na farmácia de Otaviano não excluiu o desconforto de não ter captado as últimas palavras e de viver numa casa cujo chefe de família era motivo de deboche. Mais tarde, raciocinando mais à vontade e descartada a incerteza de alguma coisa pior, fui ficando ainda mais seguro e confiante. Me senti cheio de direitos e ao mesmo tempo chateado. Voltei a tomar as dores de Teodoro. Afinal, aquele falatório mexia com a reputação da família. Suspendi a cabeça, engrossei o pescoço, andei me queixando a um e a outro:

— Lugarzinho atrasado! Viver bem-arranjado com a própria esposa é motivo pra fofocas. Ô gentinha linguaruda…

A rapaziada então montou em cima de mim. Passou a me atazanar com piadinhas, gracejos e remoques. Não podiam me ver por perto sem tirar uma casquinha e me dar uma tacada. Era uma coisa por demais. Aditaram, inclusive, que a bambeza de macho que se curva para a fêmea era uma frouxidão de família. Que, na qualidade de filho adotivo e morador da mesma casa, eu devia ser um aprendiz bem capacitado, estava a caminho de ser também um pau-mandado. Foi somente aí, quando a mangação se reverteu contra mim, de maneira direta e frontal, que senti na carne a verdadeira espetada do espinho. Era só o que me faltava. Abaixei a cabeça e passei a andar envergonhado. Teodoro chegou a cair na escala de minha estima, comecei a olhá-lo com certa reserva. Sentia-me aviltado por nós dois. Mas, ao mesmo tempo, me perguntava: será que a molecada tem razão?

Mais tarde, perceberia que a malícia humana é sinuosa e inesgotável. E, a depender das circunstâncias, só se deixa apreender pouco a pouco. A Madrinha era uma pedagoga prendada e contestadora. Uma criatura de firmeza e convencimento, líder de nascença. A tais qualidades se sobrepunha outra mais vistosa: era uma formosura chamativa e torneada por curvas salientes. Quando encaravam a gente, os olhos melosos facheavam. Por isso tanto insistiam em cortejá-la. Mas batiam numa rocha. Tanto que eu mesmo, a partir de tal percepção, passei a acompanhá-la com um novo olhar que comportava uma pontinha de apelo erótico. Eu tomava aquilo como uma insubordinação íntima, como uma ingratidão pervertida. Friso isso só para concluir: é natural que ela fosse cobiçada pelos homens; invejada pelas mulheres.

Talvez ele até percebesse a malícia de alguns fregueses que o visitavam em casa ou lhe frequentavam a *tenda*, onde, aliás, a Madrinha só aparecia de susto. Mas suponho que enfiava a tolerância na filosofia que professava. Pra que se queixar da vida se, acalentado por uma mulher formosa e direita, não lhe faltava mais nada? Decerto, não se sentia provocado pelos dichotes. Não era homem que desse trela ou se impressionasse com bobagens. E olhem que Teodoro fora forjado na dureza. Tinha a força de um touro, a resistência de um cavalo incansável. Se o ciúme o tomasse, se resolvesse reagir, não restam dúvidas de que aqueles braços musculosos espalhariam meio mundo...

Naquele tempo, os carpinas eram curtidos no trabalho duro. Num compasso de vida cru e descarnado. Não contavam com essas facilidades de hoje: nem serrarias... nem motosserras nem esse arsenal de ferramentas elétricas que atualmente facilita tudo. As matas eram brocadas unicamente a machado; o tabuado das portas, desbastado a gume da enxó. Enfim, qualquer luta com madeira bruta era um serviço tirânico. Só se resolvia a muque de carpinas determinados, afeitos à dureza como o próprio Teodoro, que já chegou ali com as mãos ásperas e duras como uma grosa.

Ainda me lembro. Na solidão da mata do Balbino, ele escolhia um tronco de pau-d'arco-roxo e, com a ajuda de uma alavanca, rolava uma das extremidades (*cabeceira*, no jargão dos carpinas) até calçá-la por baixo, com um cepo fornido, onde o toro horizontal se mantinha apoiado. Era preciso jeito e paciência para manejar, sozinho, o toro longo, de peso descomunal. Idem com a outra *cabeceira*. A seguir, esfregava um taco de giz numa linha-pau e a estendia ao longo de uma das laterais do tronco ainda encascado, presa por um prego em cada extremidade.

Teodoro tomava distância, acocorava-se, mirava a linha à altura dos olhos, com um deles franzido e meio fechado, vistoriava por mais de um ângulo, tanto de pertinho como de longe. Sondava se, em definitivo, o caminho percorrido pela linha lhe agradava. Se aprovado, beliscava a linha, esticava para cima até ficar tinindo, abaulada. Em seguida, soltava-a como um elástico que, ao cair sobre a madeira, vibrava e zunia, desferindo o comprido e horizontal traço a giz.

Agora, era repetir a operação nas laterais paralelas. Somente depois de desbastar, no gume do machado, as duas primeiras faces do toro, ele retomava a alavanca para rolar a peça sobre a parelha de cepos, de forma a adquirir a melhor posição para lavrar os outros dois lados que restavam. Só que, a essa altura, ele se valia do *compasso de ferro* para conferir milimetricamente a madeira aproveitável em ambas as cabeceiras. A largura de uma e outra, depois de prontas, tinha de bater no mesmo número, de forma a conferir esquadro.

Era um ritual minucioso. Cuspia nas próprias mãos e esfregava uma na outra como se cascas de pau fossem atritadas, antes de empunharem o machado. Estou a vê-lo grandalhão, atrepado no próprio tronco horizontal. Os ombros são amplos e recurvos em vista dos quartos estreitos de atleta, quase desbundados, o olho no traço de giz, os braços sobem e descem numa cadência inalterada. Talhadas de madeira vão se soltando... cavacos e lascas menores avoam aleatoriamente, zunem no ar parado... enquanto os pés vão recuando ao comprido do tronco. O fio do machado retine na madeira, morga e vai recuando pouco a pouco, sempre guardando a distância de um palmo à frente do carpinteiro, quase lhe lambendo os pés que vão retrocedendo na mesmíssima pisada.

E sua destreza não ficava por aí. Habilitara-se a aprontar um cabeçalho de carro, linheiro como um prego, em questão de poucas horas; desmanchava uma arapiraca roliça num tabuado ou em meia dúzia de grossíssimos pranchões sem a ajuda de ninguém; com o bico do machado, abria dúzias de aprumadas ripas de sapucaia para realçar qualquer telhado; incrustava um eixo de peroba no meião de um rodeiro de carro, martelando as cunhas com o malho ou o olho de machado, com tal exatidão que fazia cair o queixo de quem o acompanhava. Ou abatia sucupiras e paus-d'arco às carradas, a machadadas que ecoavam na mata do Balbino: arroletava os troncos com aquelas manoplas veiudas manejando o cabo do machado como se ignorasse a própria força ou se vadiasse com um brinquedo. Só se viam lâminas de cavacos zumbindo e se chocando contra os paus, até que a árvore (empurrada com a cabeça) tombava para o lado em que o fio do machado insistira, abrindo uma "boca" funda que feria até o âmago.

O estrondo fazia estremecer a mata inteira num abalo geral indescritível, despertando dezenas de vozes assustadas. Momento em que os galhos da copa se arriavam aos estalos — coitados dos arbustos e das árvores vizinhas menos encorpadas! Como sempre, os pequenos é que sofrem. Desfolhadas, se convertiam em esqueletos escravelados que amunhecavam sob o açoite dos ramos. Espantados com o desmoronamento estrondoso, os guigós e saguins gritavam alarmados, num alarido reforçado por outras vozes mais abafadas: o alerta recorrente das três-potes, a conversinha miúda e trançada dos periquitos, a corrida das cotias e das zabelês e tantos outros ruídos indestrinçáveis.

Para tudo isso, posso repetir: o homem era mesmo um durão. E nesse ramo, ainda de acréscimo, sabia a quadra da lua mais adequada para tirar a madeira da mata, conforme o fim a que se destinava. De forma que os seus artefatos, imunes ao cupim, eram duráveis. E também jamais empenavam.

Por outro lado, o mais espantoso, conforme já anotei, é que aqueles braços robustos que abriam clareiras em plena mata também sabiam alternar e converter todo esse vigor em movimentos de extrema delicadeza na manufatura de variegados artefatos de primeira linha: baús, guarda-comidas, aparadores, espreguiçadeiras e até uma ou outra cristaleira. Era aí que as mãos calosas se adoçavam aplicadas a abrir dentes com a lâmina dos formões; a rasgar entalhes de meia-cana com o chanfro da goiva nas matrizes a serem marchetadas com incrível exatidão...

Por fim, incursionando pelo ramo da tanoaria com igual destreza, ele caprichava na encurvatura das aduelas de putumuju, imprimindo um abaulamento todo pessoal a barris e a tonéis, como se firmasse a sua assinatura. Esse, sim, é o perfil do homem que se entronca no marido da Madrinha que me tomou para criar e de quem ele acatava a ascendência, encaminhando-lhe um fervor desarvorado.

4

Com certa graça, a Madrinha recordava essa passagem a que assisti por volta dos oito anos, na condição de filho adotivo já com uma média de dois anos de casa. É desde aí que vacilo: trato Teodoro por *tio*, e outras vezes não. Não é por desrespeito.

Ambos estão na sala, ao pé do rádio RCA. Sintonizam a *Hora do Brasil*. Com o semblante risonho, ela mal se contém, animada pelo segredo alvissareiro que prestemente vai lhe saltando da alma para compartir com o marido. A face inteira ostenta, por curiosa antecipação, a delicadeza dos traços maternais e resplandece antefruindo a maravilhosa acolhida que a sua palavra provocará. Seria tão bom se, por conta própria, ele enfim adivinhasse! Mas duvida muito.

— Ô homem desligado, meu Deus. Você, Teodoro, é um catacego no quesito *novidade*!

Ainda lhe ouço a alegria risonha misturada com as palavras brincalhonas. Mesmo porque, no assunto em questão, e unidos como um filipe de banana, já haviam palmilhado este chão... perseguido o sonho de terem um filho durante meia dúzia de anos de desesperança. Triste memória. Mas, enfim, ela joga os ombros como quem faz a concessão: não me custa nada mais uma vez lhe insinuar...

Inclina as pálpebras para a barriga ainda inaparente

que as duas mãos acariciam. Por três a quatro vezes, leva a vista do próprio ventre ao rosto do marido, onde então se demora à cata da menor pista ou indício de algum entendimento... E nada.

— Ô homem broco!

Ela debocha de novo. Mesmo assim, suspensa em eloquente pausa silenciosa, persevera na expectativa... Aguarda, quase a se romper de felicidade, a exclamação de seu espanto. Mas o marido não se manca, talvez embevecido em outros dos tantos encantos femininos.

Só então ela decide ir em frente. Dá uma rabanada faceira abrindo a roda da saia. E o aborda com um sorriso de cumplicidade brincalhona:

— Prepare-se para uma bomba! — Ele arrasta os pés tateando as sandálias, e arregala os olhos, assustado. E, antes que se recomponha, ela lhe solta a revelação:

— Enfim, você agora vai ser pai!

Como uma mola, ele alça os ombros e se empertiga no bico dos pés. Ganha mais um pouco de altura. Abre os braços e a acolhe, dobrando-se um pouco. Rodopiam abraçados. Está contagiado pela boa-nova do herdeiro ou pela comoção que se irradia da voz maravilhada? Engasga e se descontrola. As mãos sobem e descem, batem palmas acima da cabeça. O chapéu de baeta rola no meio da sala, tufos de cabelos ruivos e meio cacheados flamejam sobre a nuca. Ela jamais o vira tão expansivo. A onda jubilosa o arrebata, se manifesta pelos redondos olhos marejados que dizem mais do que todas as palavras.

Sentadinho, presenciei a cena meio sem jeito, mas não recordo se fui ferido pelo ciúme. Mesmo porque ali mesmo, no auge do arrebatamento, ela me cobrira de beijos, me convencera do quanto era bom a companhia de um irmãozinho. Só fiquei desconfiado.

Aliás, uma acolhida justificável também para Teodoro. Afinal, com quarenta janeiros na cacunda, e seis anos e meio de casado, faltava-lhe somente gerar um filho das entranhas da consorte a fim de completar-lhe a felicidade. Expectativa que, ano a ano, veio sendo postergada e, de quebra, o punha visceralmente acabrunhado, visto que atribuía a si mesmo o agravo por não engendrarem um filho. Nessa espera desconfortável e prolongada, jamais admitira um só dia qualquer distúrbio que afetasse a concepção da mulher. Esterilidade? Nem falar! E ai de quem, por simples inadvertência, associasse o nome da Madrinha a essa maldição. Mesmo porque, ali no povoado, a condição de *maninha* era mais ofensiva do que um xingamento ou uma praga bem rogada.

Com a boa-nova, ele se sente varado por uma sensação de triunfo e plenitude. Tirara um peso das costas. Talvez nem tanto por si mesmo, visto que nesse porém é um traumatizado: a própria mãe morrera ao dar-lhe à luz. E esse caso, o filho que em geral esconde o passado, não se cansa de lembrar. Mas por propiciar tão acalentada ventura à mulher prodigiosa e merecedora que, mesmo depois de me tomar por adoção, continuara lutando para engravidar até conseguir o seu intento. E agora, então, calando as línguas venenosas, vai provar ao mundo a sua fertilidade.

Doravante, o bem-estar dela e do herdeiro, abaixo de Deus, só depende dele, Teodoro. É cair em campo para escolher a dedo uma parteira capacitada e de mãos bentas que, sob severo juramento, lhe assegure mantê-los invulneráveis ao menor risco, longe de todos os perigos.

O lugarejo é miúdo, não lhe restam muitas alternativas. Mesmo assim, como está em causa a mulher, nos meses seguintes, ele não descansaria a cabeça, focado nessa pendência como se fosse uma questão de vida ou morte. Enquanto isso, a produção de sua carpintaria, que era a sua outra religião, passou a ser afetada pelos devaneios domésticos que lhe subtraíam parte do tempo. Duas ou três horas que ele se afastasse, de certo modo afetava o ritmo do trabalho, comprometia as encomendas da semana.

Após os primeiros meses de minuciosa sondagem, as melhores recomendações recaíram sobre uma tal Sinha Amália, sempre bordada com palavras animadoras, exemplos irrefutáveis. Ele então sela o Castainho, encaixa a espora no pé e viajamos uma boa légua para perscrutar pessoalmente a competência da dita-cuja. Habituara-se a andar sempre sozinho. A rogo da própria Madrinha, a quem jamais contrariava, é que me levou na garupa do animal.

— Este menino é morto por um cavalo. Leve ele com você, Teodoro. Quando nada, lhe serve de companhia.

Era bem longe. Chegamos à casa da parteira depois de quase duas horas de um rojãozinho estradeiro, porque nos perdemos numa encruzilhada do caminho. Apresentaram-se, apertando as mãos.

— Já havia ouvido falar em mestre Teodoro, sim. Mas nunca pensei que fosse assim um varapau sarará e corado que nem um pimentão.

Falava gesticulando, tomava conta da conversa com uma rudeza cheia de liberdades. Abriu a porta da sala num gesto de acolhimento. Meu tio entrou com o chapéu na mão e a capanga com o revólver a tiracolo. Ela postou-se de lado e lhe deu passagem com uma mesura de mão. Via-se que estava acostumada a se mostrar educada; dava-se altura e valor. Pediu-lhe para guardar a capanga. — Agradeço, mas não carece esse trabalho. — Ele falou, apertando mais a capanga sob o braço. Com ares de distraída, ela afetava estar longe de si mesma. Mas, de raspão, com um semblante de enfado e desinteresse, subia o tom da voz encarecendo as próprias qualidades.

No curso da conversa maçante entre os dois, em que o assunto principal não ia adiante, cheguei a cochilar mais de uma vez. Teodoro começou arrodeando por longe com aquela conversinha capciosa e macia. Pelo jeito, essa tática não ia lhe rendendo grande coisa. Pois logo-logo foi perdendo a paciência, que nele era quase infinita. Curiosamente, muda de jeito e passa a abordá-la com perguntas frontais, a lhe exigir garantias.

— Então, com toda essa competência a senhora me arruma aí uma garantia? Qualquer coisa serve. Aí um papel assinado. Um termo, um atestado de que a mulher e o menino não correm nenhum perigo.

Sinha Amália, volumosa, recostada na cadeira de balanço, não se dá por achada. Não se deixa intimidar com a arenga, a desconfiança, as pretensões, a catadura grandalhona do tipão. Muito ao contrário. Arregala os dois olhos. É como se não acreditasse no que ouvia. Leva a mão ao peito como se contivesse o choque, mas, olhando direitinho, é pra levantar o busto. E, já refeita, persevera numa conversa aprumada, rebatendo as perguntas com firmeza, sempre de sapato alto, sem esconder a insolência:

— Como é a conversa? Papel assinado? Isso é coisa de quem trabalha em repartição do governo, meu senhor. Delegacia... Hospital... Juízo de Dereito... e não sei mais o quê. Vê-se logo que o senhor não é gente daqui. A minha garantia é positiva. Pergunte por aí afora em nossa redondeza... — Levanta-se meio perturbada, dá-se ares de ofendida. Ergue a cabeça, espicha e sacode as mãos energicamente nas barbas de Teodoro.

— Estas mãos nunca falharam. Minha garantia é a de Deus. E o senhor já viu Deus passar recibo? Hein? Me diga. Ôxente!

A conversa começara morna e desenxabida, pontuada de termos e pausas cerimoniosos. De forma que cheguei a cabecear mais de uma vez, sentado na ponta de um banco sem encosto. Ela falava... falava... refastelada na cadeira de balanço, encarecendo as próprias qualidades. Via-se que, ociosa, não tinha muito que fazer. Devia ser uma dona de casa desleixada. Destinara a Teodoro um tamborete tão baixinho que, ao encolher as pernas, os joelhos lhe subiam para o peito. Não sei se a indicação dela fora proposital. Mas era olhar para o tipo de meu tio quase acocorado a seus pés e dava vontade de cair na risada.

Tanto é que, para não ser inconveniente, pedi licença meio atrapalhado: ia reparar o cavalo que ficara amarrado sob um pé de araçá. Fiquei um tempão zanzando pelo terreiro, onde um terno de perus riscava as asas, enchendo os meus olhos de boniteza, mas também de uma poeirinha impertinente, assim que o vento se animava. Ora em ora lembrava a posição ridícula de meu tio com o queixo no meio dos joelhos, tapava a frente do rosto com a mão e me papocava de rir.

Entrementes, de portas adentro, as falas esquentavam. Os dois pegaram a deblaterar num tom afogueado, com tal veemência que, recostado no araçazeiro, eu apurava as ouças para não perder uma palavra. Num abre e fecha de falas escandidas e gritadas, cheguei a temer que fossem se atracar. Mulherzinha arrepiada!

No final das contas, porém, foram se acalmando e voltaram às boas. Acho, hoje, que a ocasião comportara um pouco de teatro. Meu tio se ergueu com certa dificuldade. Ela também lhe estirou a mão e despediram-se. Já com um pé fora do batente, ela o atalha abrindo a palma da mão apontada em nossa direção:

— Peraí…

Ele se detém, em atitude de espera, puxado pelo gesto de simpatia. Ela emboca dentro de casa e nos traz, numa bandeja de ágata azulada, dois pires com doce de araçá. Doce de corte, consistente e cheiroso, talvez com o ponto muito apertado, tão espesso que pegava no dente como se fosse cocada-puxa. Dava trabalho mastigar. A seguir, bebemos água fresca de uma moringa de barro, trocamos apertos de mão. E, no gancho que sai do terreno para a estrada, ouvimos:

— Vão com Deus…

Da garupa do cavalo, olhei enviesado para trás. As duas mãos traçavam círculos como se nos abençoassem.

Mas tio Teodoro não chegou a apalavrá-la para a parteira da Madrinha. Não houve um acordo declarado, não fecharam compromisso. Despediram-se com palavras amáveis, talvez um tanto evasivas, promessa de encontros futuros, mas — entenda-se — um de lá e outro de cá. O negócio do parto permaneceu em aberto: não houve sim, não houve não.

Durante o nosso regresso, ele não soltou uma única palavra. Acabrunhado. Em cima, o sol dardejava. Ele embicou o chapéu sobre a testa pra fazer sombra no beiço rachado. Reclamou bastante da pisada do cavalo. Estranhei. Como o coitado podia pisar na bitola certa com o peso desgramado de nós dois lhe machucando o lombo? Aquilo era uma judiaria. Talvez ponderasse para si mesmo que perdera a viagem, que a vulnerabilidade da mulher continuava exposta, a exigir cuidados redobrados à medida que a barriga ia crescendo. Eu seguia com a sensação de que o caminho se encompridara. A fivela da correia da garupa me escravelava o fundilho, cheguei em casa enfadado. Minha Madrinha veio nos receber de braços abertos. A barriga já estava arredondada. Como sempre, os olhos chamejavam de alegria:

— Então, a viagem foi divertida? Hein, Valdomiro? Este seu tio não é sopa de gente. Quase lhe mata de fome...

Tio Teodoro prendeu-a com os braços e, sobre o cocoruto dela, que estava longe de lhe chegar à ponta do queixo, me passou o rabo do olho. Sinal de que não queria ser interrompido, de que ia ter com a Madrinha uma conversa reservada. Ele já pusera o cabresto em minhas mãos. Saí para tirar os arreios do cavalo e conduzi-lo ao pastinho. Ela entrou em casa reclamando de sua falta de cuidados; passando-lhe a mão no rosto, assustada com a vermelhidão geral e o lábio roto, decerto mais pronunciados devido ao sol da tarde e ao calor.

Lembro que, nesse exato momento, me ardeu na cabeça o refrão que, havia meses, me chegava de todos os lados, em forma de advertência: você agora vai ficar no canto... o xodó de sua Madrinha vai ser o filho verdadeiro.

Não sei como os dois se resolveram no tocante à parteira. Nas questões domésticas eram cautelosos e polidos. No curso das semanas seguintes, não ouvi tocarem no assunto. Naquele tempo era assim.

Com o avançar das semanas, me desliguei do assunto. Mas tio Teodoro continuou tão encasquetado que achei aquilo um absurdo, que os seus detratores estavam cobertos de razão. Amiúde, ele passou a procurar outras parteiras com certo entusiasmo. Exigia pormenores dos informantes. Foi o bastante para reforçar a minha convicção de que Sinha Amália estava longe de ser a profissional que ele idealizava. Dia a dia mais hesitante, à medida que o tempo estreitava, ele ia postergando a escolha com aquela feição apertada de quem corre contra o tempo de um prazo estipulado.

Outras candidatas apontadas, a quem ele passou a entrevistar, foram sumariamente descartadas: estavam a léguas e léguas de suas exigências. Eu mesmo não participei desses encontros. Mas consta que, ao abordá-las sobre o quesito *segurança*, a garantia que lhe asseveravam era vaga e reticente... E, com a integridade da mulher posta em questão, uma promessa titubeante assim não lhe convinha. Corriam os meses e ele não se decidia. Justificava a sua contrariedade sempre com o mesmo refrão:

— Com esta história de parto não se brinca.

Acho que se reportava à própria mãe.

Mal pendia para uma candidata, arrependia-se e destacava aquela outra. A dúvida o supliciava. Foi aí então que, no povoado miúdo, o pessoal começou a comentar:

— Teodoro virou devoto. Tá aguardando a aparição de um milagre.

E ele certamente continuaria nutrindo-se dessa incerteza se dois meses depois a mulher não fosse surpreendida pelos prenúncios do parto prematuro. Só então, amedrontado, premido pelas circunstâncias adversas, mas ainda inconvicto, num desassossego terrível, ele remete um próprio para apanhar a parteira. A escolha definitiva fora feita, como se diz, com a faca nos peitos.

— E me ande ligeiro, Barretinho... Vá amontado no cavalo e me traga a criatura atrepada na garupa. É um pé lá e outro cá. E que não me venha de mãos abanando.

— Mas, seu Teodoro, o cavalo tá no pasto. E se eu for de bicicleta?

— E essa coisa fininha aguenta você e Sinha Amália? Olhe que ela é parruda!

— Aguenta até mais que é de pneu balão.

— Você é quem sabe. — Arremata tangendo as mãos. Ainda se vira em cima dos calcanhares. — Mas me ande ligeiro!

Enquanto, por precaução, o sujeito maneja a bomba e põe mais ar nos pneus, ele volta ali fora e torna a recriminar. Está zangado:

— Você ainda tá por aí, rapaz! Abra no mundo... vá... ande...

Na ocasião, o alvoroço de tio Teodoro era realmente descomunal. Se eu fosse pormenorizar a sua atribulação, ninguém acreditaria. Hoje sei que aquele estado lastimável não era tão incomum. Costuma pegar de jeito muita gente que aguarda o primeiro filho após anos e anos de tentativas em vão.

Mal ele emboca em casa chamado pelas primeiras dores da Madrinha, já reaparece outra vez no alpendre com a mão em tala sob o chapéu, a ver se avista o portador da bicicleta de volta com a parteira. É a imagem do desassossego. Assim que a mulher se alivia um pouco, ele torce a cara arrependida. Acha que se precipitou. Que devia ter sido mais exigente em sua escolha. Afinal, parto não é coisa que se brinque. Será que não subestimou o caso, que não encontraria uma parteira mais a jeito? Esse vaivém fantasioso o consumia.

Sinha Amália tarda. Cada gemido da mulher repercute no dilaceramento da feição torcida e dos gestos indecisos. Hoje, me ponho a especular: talvez estivesse assediado por visões macabras, convicto da própria culpa. Talvez se reportasse à própria mãe. Talvez reconsiderasse que não se empenhara o bastante, que fizera um mau negócio. Devia ter envidado outros recursos, se aplicado com mais afinco em novas diligências, ter viajado até o fim do mundo para conseguir uma parteira que lhe fornecesse uma garantia mais fornida. Nesse ponto, falhara. Entregar o seu tesouro a uma pessoa que não inspira confiança? Isso não podia dar certo.

Ele passa rente a mim, balança a cabeça e espalma a mão na testa.

— Onde é que anda o meu juízo?

Para pôr um ponto-final nessas cogitações martirizantes, Sinha Amália chega atracada na barriga do ciclista-portador que arqueja ensopado de suor. Antes de Barretinho tirar e torcer a camisa encharcada, Teodoro já empurra a parteira porta adentro, vociferando contra a demora desgraçada.

— Pela Santíssima Trindade, se avie, ó criatura.

Pesadona, ela não apressa as passadas. Olha-o de frente, cumprimenta-o com o deboche:

— O senhor criou juízo?

Sua primeira providência é pedir uma bacia de água morna. Emboca no quarto com a mochila de apetrechos e encosta a porta depois de exigir a retirada de todos. Admite apenas uma ajudante escolhida por recomendação das vizinhas presentes. A partir desse momento, só nos restou interpretar os ruídos que acompanhávamos ao longo do corredor. E tudo indica que se desincumbiu com tanto zelo e eficiência que a Madrinha se despacha com uma facilidade incrível. Ninguém diria que é mulher de primeiro parto. Comportou-se como uma parideira experiente e industriada.

Com pouco mais de meia hora, a porta do quarto foi aberta para Teodoro. E mal Sinha Amália apanha nas mãos o rebento, exibindo-o pendurado pelas perninhas, o choro forte povoa o quarto inteiro.

— Veja que bitelo vermelhusco. — As duas o contemplam, orgulhosas do próprio desempenho. — Roliço como um leitão.

Só então o suplicante Teodoro, que não tinha nervos para acompanhar o parto da mulher, enfim, cobra um alívio. Passa de nervoso a maravilhado. Não propriamente pelo recém-nascido, creio eu, mas porque a esposa continua inteira. Apalpa-lhe os braços. Tirou a carga das costas, pode respirar mais à vontade, rir das próprias projeções sombrias, dos pesadelos em tantas noites encarreadas, dos temores infundados. Dos canecos de água que bebeu com flor de laranjeira nas insônias desmarcadas. E vejam aí! Tudo não passou de caraminholas de sua cabeça, de remordimentos engendrados pela força do amor. Graças a Deus, Sinha Amália saíra-lhe melhor do que a encomenda. Caíra-lhe do céu. Desmentira as suas sangrentas expectativas injustificáveis. Tinha mesmo vontade de se abaixar para beijá-la, de apertá-la entre os braços musculosos. Só então pousa os olhos sobre o filho embrulhadinho e segue por aí adiante...

Pois bem, pra encurtar a história, os dois partos subsequentes também transcorreriam com a mesmíssima naturalidade. Como se fossem reprises do primeiro. Pode-se dizer que consolidaram a confiança e a tranquilidade de tio Teodoro que, afinal, se acostumara com o rebuliço concernente à chegada dos herdeiros. A cada ano, um novo filho, todos três de se cobrir com um cesto.

5

Há horas e horas que a Madrinha vem se retorcendo com dores que jamais supusera que existissem porque delas fora poupada nos partos anteriores. Teodoro está num estado deplorável, a ponto de não largar do pé de Sinha Amália, dando voltas e mais voltas em torno dela, a exigir-lhe que faça alguma coisa, que tome alguma providência. Ele, que se negara obstinadamente a assistir aos partos anteriores da Madrinha, porque de fato não suportava vê-la a sofrer, está inteiramente transtornado.

Sinha Amália, acostumada a ser prestigiada também por ele mesmo, e de quem já era, de certa forma, um tanto familiar, ficou inteiramente embasbacada. Na verdade, fora colhida de surpresa pela insistência apavorante desse novo Teodoro que desborda de sua expectativa, a ponto de ir ficando atarantada. No princípio, ainda controla a fala e reage lhe recomendando orações e paciência… muita paciência…

— Rogue a Nossa Senhora do Bom Parto, seu Teodoro. Mas acalme os nervos, homem de Deus… Seje firme na sua fé. Creia na Corte Celeste.

Ele está desorientado. Voltou à *tenda* de onde viera correndo assim que recebera a má notícia. A *tenda* abarrotada de encomendas para providenciar o acabamento com lixa e verniz. As palavras da parteira lhe soam como se fossem evasivas. Ele balbucia qualquer coisa, indo e vindo, apertando as mãos atrás das costas. Afasta, com o bico do sapato, cadeiras, vaso de plantas ou qualquer coisa que lhe atrapalhe as passadas. Nesse vaivém inopinado, tripudia nos encontrões, chega mesmo a derrubar um jarro de margaridas numa mesinha do corredor: a água entorna sobre descansos esféricos de crochê. Murmúrios e risadinhas abafadas vão se espalhando atrás de suas costas.

Cai a noite, que não demora a se adensar. Embora envergue o casaco de gola levantada devido à friagem, é acometido por um acesso de espirros. Pode ser simples alergia, embora traga os pulmões e a garganta calejados no contato com o pó de serra que enxameia na *tenda*, e com o relento das matas. Leva as mãos às calças e tateia os bolsos, mas não dá com o lenço.

Sinha Amália me dera ordem pra entrar no quarto sempre que fosse chamado a ajudar. Mas recomendara-me que não olhasse a Madrinha. Sempre... sempre... de costas para a cama, eu entrava e saía. Não por ser obediente. Mas por uma repulsa incontrolável. Ou melhor, sentia gastura de imaginá-la suja de sangue. Presumo que, a contragosto, me repugnava olhá-la.

Estou pertinho de Teodoro. Ele ajoelha-se nos tijolos do quarto e puxa o gavetão da cômoda com certa precipitação: precisa se assoar. Mas arrasta com tanta força que os puxadores ficam em suas mãos. E saltam de dentro do gavetão para os seus braços uma almofadinha em formato de coração, espetada de alfinete, uma boneca com um vestido azul cheio de florinhas, anáguas, lencinhos bordados e outras peças íntimas, de que não lembro mais. Peças que se espalham nos tijolos inoportunas, como um deboche que, pateticamente, desvela intimidades e agride o ambiente. É como se o seu mundo inteiro estivesse revolvido, com cada coisa fora do lugar. Como estou ali, acorro para ajudá-lo. Contrariado, ele me afasta com o cotovelo e uma rispidez que ultrapassa o seu normal.

— Me deixe, rapaz, me deixe. — E apontando a porta entreaberta: — Vá procurar o que fazer.

Recolhe os objetos e senta-se no chão. Vê-se que tem os miolos frouxos sob os cabelos ruivos jogados para trás. Rola os olhos penetrantes pra lá e pra cá como se evocasse: este quarto vem de meu casamento, aqui nasceram os meninos, aprontei esta mobília pra agrado desta aí. É como se cada objeto lhe falasse de um mundo que o abandonava, como se lhe dessem o ombro pra chorar.

Consta que as primeiras contrações que tomaram conta da Madrinha já se manifestaram desandadas, fora da bitola conferida pelo passado. Algo dentro dela destoava. (Ao retornar com a parteira, já encontramos a coisa feia.) Será que eu demorara além da conta? Começavam aqui as espinhadelas na minha consciência. Se tivesse andado mais ligeiro, talvez a Madrinha já houvesse se despachado a contento. Sim ou não? A verdade é que fiquei com aquele peso alojado na cabeça. Pensava no cigarro que não cheguei a comprar, olhava para Castainho quase escadeirado pelo peso de Sinha Amália, passava-lhe a mão no pescoço. O pelo não estava tão molhado. Não estava suadíssimo. Talvez pudéssemos ter andado mais ligeiro. Tornava a olhar para ele e me arrepiava a sensação de que éramos cúmplices, de que dividíamos um segredo injurioso. Seria do cigarro que não tive? Do cigarro que costumo fumar no escondido...

Para agravar o meu sentimento de dúvida, à medida que as horas corriam, a Madrinha se retorcia e soltava uivos medonhos, imolada pelas dores torturantes que ganharam um novo rojão insuspeitável, contrariando assim o desembaraço e a ligeireza com que tivera os outros filhos. A essa altura, ninguém poderia imaginar o problemão que enfrentaríamos nas cinquenta e tantas horas que teríamos pela frente...

Até então, ela esbanjara saúde. Possuía cadeiras largas de uma matrona majestosa e por três vezes dera à luz com a maior prontidão, como se já houvesse nascido azeitada. Dera pouquíssimo trabalho à Sinha Amália. Os gozadores brincavam que tinha raça com gata: nascera para parir. Esse comento corria na assembleia de nosso cajueiro. Por isso mesmo, apesar do tombo que ela sofrera dentro da Capela, na quinta à tarde, Teodoro, que nesse quesito fazia coro com eles, recusou-se a admitir a gravidade da situação como se a mulher estivesse num pedestal e nada pudesse atingi-la. Aliás, ele fazia coro a qualquer conversa que viesse a engrandecê-la. Não acreditava que uma queda tão fortuita na Capela pudesse contrariar um histórico de saúde a toda prova. No entanto, a sequência dos fatos mostraria quanto estava enganado!

Até o terceiro parto da Madrinha, Sinha Amália consolidara mais o seu bom nome, veio ficando mais prestigiada. Ao restituir ao marido a mulher despachada e inteirinha, além de assisti-la durante o resguardo, tinha o condão de sossegá-lo, injetando-lhe uma confiança infinita. Com esses precedentes favoráveis, é natural que o casal aguardasse o quarto filho com o coração descansado, longe daquela injustificável e tola apreensão que precedera a chegada do primogênito. Teodoro já não perdia o sono com aquelas antigas preocupações, já não se dilacerava nas projeções de suas macabras fantasias. Àquela altura, cada filho, aparado por Sinha Amália, chegara a este mundo com tal simplicidade que, mal comparando, parecia ser apenas mais um tijolo na casa que crescia. Neste capítulo, a casa repousava satisfeita com as brincadeiras e a zoada dos meninos que cresciam.

Desta quarta vez, assim que a Madrinha sentiu os primeiros sintomas, Teodoro me encarregou de apanhar Sinha Amália. Tão despreocupado como se, maquinalmente, acepilhasse um pedaço de madeira; descontraído como se aguardasse uma visita familiar e prazerosa. Uma visita de todas as semanas.

— Depois de tantos anos... você ainda lembra onde é, meu filho?

— Lembro tudinho, meu tio. Não lembro o quê!

— Ande com cuidado, prestando atenção em tudo. Direitinho. Olhe, não vá se perder nas alças do caminho...

Pulei de alegria num pé só. E fui logo indo ao torno, onde pendurava o cabresto. Me passou pela cabeça aquela viagem que fizera na garupa do cavalo. Agora, dois motivos a mais me animavam. Primeiro, a confiança que me dava numa ocasião de tanta responsabilidade; segundo, eu podia bancar homem, andar solto e sozinho no coxim de um cavalo habilidoso. Afinal, eu andava perto de fechar os quinze anos. Com a sensação de que ia correr mundo à vontade, com todas as bandeiras desfraldadas, sem vivalma a me empatar a liberdade.

Ele se moveu no meu encalço, quando eu já alcançava o meio do terreiro. As palavras que me detiveram, também desafogadas, destelhavam o seu estado de espírito.

— Ei, peraí… rapaz. Vamos com calma. Não carece se afobar. E se advirta: todo cuidado que tiver ainda é pouco.

— Sim, sinhô — respondi desenxabido, enquanto retinha as passadas.

Ainda olhava para ele, quando então arrematou:

— E não me maltrate o cavalinho. Pegue um rojão seguro, mas não precisa correr. Se lembre de que ele já é meio idoso. Na subida das ladeiras segure a rédea mode acalmar as passadas.

Foi com essas recomendações na cabeça que selei o cavalo e parti todo concho, a caminho da casa da parteira. Viajei sem pressa, curtindo cada minuto da liberdade que tinha pela frente, imbuído da responsabilidade que me fora conferida. Gostava que as pessoas com quem cruzava me vissem amontado. Eu fazia pose, botava Castainho no picado e passava com orgulho de ser admirado como um homem. Só me faltava um cigarro que não achei na vendinha de Sinha Germana. Foi uma pena.

— Como pode? — Teodoro se perguntava em voz alta, revoltado, incrédulo e profundamente abalado. — Uma mulher que sempre se despachou com a mesma contração de um soluço? Uma inocente caridosa que só vive para o bem?

Ouvi pela primeira vez essa pergunta, prenúncio de seu desatino, quando a Madrinha já estava nas mãos de

Sinha Amália, muito depois de nossa volta. Nas últimas horas da noite de quinta-feira, já no descambo para a madrugada da sexta, ela perguntara pelos filhos, e mandou recado para o velho Saturnino. Com a confiança quebrada pelos gritos arrepiantes da mulher, Teodoro caíra fora de si, alarmou-se num ataque de falação desenfreada, como se o som da própria fala o ajudasse a suportar ou a suster ao que ele assistia ou imaginava. Era como se carpisse uma viuvez antecipada. O pessoal ficou boquiaberto! Parecia indagar: a novidade aqui é com ele ou com ela? Não. Aquele não era Teodoro! De um dia para o outro, saíra fora de seus hábitos, rompera os próprios limites. Como se os gritos da mulher prenunciassem o desmoronamento prematuro de tudo que construíra até então. Como um bicho acuado, saltava da parcimônia que sempre o qualificara para uma eloquência aluada que o diminuía e o desfigurava.

Enfim, o drama caíra-lhe como um raio. Obrigava o homem de conversa macia e sensata a resvalar para um tom contestatório, sem lógica nenhuma, atravessado de rompantes. As trevas se adensaram em todos os sentidos, sem que o parto evoluísse. E o verbo conciliar, que lhe rendera o nome de aconselhador, que se abrigara muito tempo na garganta do homem comedido e sossegado, enfim agora se convertia em rebelar.

Corriam boatos de que o velho Saturnino, homem precavido e vigilante, acompanhava de longe a situação da filha. Aperreava-se com a evidência dos desdobramentos. Plantara olheiros na casa. E nem precisava: num povoado tão miúdo qualquer infortúnio ganha asas. Àquela altura, era público que o estado da filha se agravara. O febrão só aumentava, as dores se convertiam em gritos e gemidos que ganhavam voz pelas ruelas. A Madrinha não se despachava. Já falavam até em feto atravessado.

Entreolhávamos assustados. A depender das circunstâncias que nos afetam, cada um de nós pode se passar a irreconhecível. Cada homem é um segredo! Com um fundo imperscrutável! Teodoro aduzia argumentos tão insensatos que qualquer tolo poderia rebater. Seu carro-chefe era uma fé cega e brutal. Imprecava em nome da lógica garantida de que, nesta vida, somente os maus são punidos, somente os fracos estão sujeitos ao pior. E falava sério, falava como um arauto de uma certeza incontestável, tangido pela impaciência e pelo medo que demandam do amor.

Onde andaria o homem subtraído que, por excesso de pudor, sempre agira com polidez, silenciara qualquer manifestação em público? Com o menor esforço audível da Madrinha, ele pulava à frente de peito aberto e alma vulnerável. Talvez assediado pela memória da mãe, repito, que sequer conhecera. Convertia a sua sedentária natureza imperturbável numa trepidante inquietude que se esgalhava como o último reflexo de sua dor. Interrogava a um e outro:

— Você já viu uma desgraça desta, Zé de Afonso? — Insistia, balançando as mãos: — Me diga, Zé Afonso… E você Alexandre Hosana? Você que é tão devoto, que nunca me negou fogo, me ajude por amor de Deus.

Suponho que corria atrás de uma explicação plausível, de uma solidariedade mais participativa. Não. Não era bem isso. Pois, sem emprestar ouvidos aos que o abordavam com uma palavra de conforto, ele já pulava adiante, com a mesma impaciência. Vagava acima do cumprimento das pessoas. Ia lá e vinha cá, sempre falando atabalhoadamente. Como se estivesse contaminado por uma energia propulsora. Como um cego, dava peitadas e resvalava bruscamente nas mãos que lhe eram estendidas.

Na sexta, a manhã inteira transcorreu assim. E durante a tarde teve prosseguimento com uma nova agonia, povoada de desfalecimentos e outros sustos e clamores que prenunciavam alguma coisa de pior. Momentos que ela chegava a sossegar um pouco e a casa retornava ao silêncio, com todos nós perplexos e fatigados, caindo de sono pelas tabelas. Mas não chegava a ser uma trégua razoável. Logo-logo recomeçavam os gemidos atravessados por gritinhos desagradáveis como se estivesse sendo torturada.

6

Teodoro, a cada hora decorrida, vai ficando ainda mais irreconhecível. Esta noite de sexta promete ser uma jornada interminável. Comporta-se tomado por turbulenta expectativa, como se não pudesse descartar a terrível premonição de que o pior está prestes a chegar. Pra quem era testemunha diária de seu apego à mulher, não é difícil imaginar e entender o seu estrago interior. A mando de Sinha Amália, adentro no quarto empunhando, com as duas mãos, uma pesada chaleira de água apenas quebrada a frieza. Viro os olhos para a parteira, que, longe de se manifestar contente ou agradecida — nem está aí! Creio que, a essa altura, já andava insatisfeita. Perdera um pouco os ares de grandeza.

Olho-a de banda e sondo-lhe as feições. Desmerece a mulher de acerada autoestima, a parteira diligente das outras três vezes, de palavra saltando da ponta da língua numa postura ostentosa e sibite, pronta a estimular entusiasmo e confiança com a maior convicção. Ou, na pior das situações, a algodoar o sofrimento num palavreado bonito, numa demonstração — às vezes até mesmo patética — de cristã cheia de poderes e movida pela fé.

Já de meia-idade, com as bochechas redondas e banhudas, ela vai lá e vem cá, esfrega as mãos na roda da saia estampada. Sobre as passadinhas miúdas, ginga um pouco, as carnes tremem, move os braços abertos pra se dar o impulso necessário.

Odores e vozes perdidas me aguçam a memória. Mais das horas, me sinto envolvido pelo cheiro ativo do clorofórmio, revejo bolas de algodão espalhadas nos tijolos. Guardo até as emanações, o vapor do óleo canforado que Sinha Amália providenciava para ajudar a Madrinha a respirar. Atraído pelo cheiro, aproximo-me e olho-a de fininho. Gemebunda, minha Madrinha traz as pálpebras mastigadas e o rosto mais arredondado, coberto por gotinhas de suor, talvez efeito do vapor. Rosto onde a parteira resvala uma toalhinha. Escapando pra fora da coberta, os tornozelos parecem intumescidos. E só não juro que estão arroxeados porque a luz do candeeiro é fraquinha, a penumbra atrapalha.

As atribulações se amiúdam, lacerando o coração de Teodoro. Não sabe mais o que fazer: tira e repõe o chapéu de baeta seguidamente. Outras vezes o põe no gancho e, com os dedos longos de unhas cortadas rentes ao sabugo, abre caminhos de impaciência na cabeleira ruiva mal aparada. Anda lá e anda cá, assoa o nariz num despropósito danado com o lenço de estampas amarfanhado na mão. A um grito da mulher, estremece e torce a cara de torturado como se as dores lhe corressem pelo corpo, lhe penetrassem pelos ossos. Confuso, vai perdendo o controle de si mesmo, embora, no seu estado normal, não seja propriamente um sujeito impressionado.

Paro o olhar sobre o seu semblante castigado e não encontro mais o homem sistemático, maciço, que inspira a todos nós tanta firmeza e confiança. Aquela fortaleza interior. Cadê o carpina seguro e impenetrável, acostumado a medir a situação e a sopesar as palavras, antes de aconselhar? Desde ontem, recusa-se a comer. Instado, empurra o prato pra uma banda. Fora de si, só abre a boca com aquela violência chcia de bobagens que já vem do princípio da noite e mais a mais vai se alastrando. Uma postura que depõe contra seu passado aqui na Borda da Mata.

De repente, resvala por todos nós descarregando o silêncio no vazio... De cabeça metida nos ombros, bate o portão, atravessa a rua, encaminha-se para a *tenda*, que fica aqui pertinho, do outro lado da rua. Marco no relógio da parede. São nove e quinze da noite. Debruçado na porta do oitão, vejo o clarão da placa a querosene que ele costuma acender para arrematar algum servicinho noturno, em deferência à urgência dos fregueses. Apuro o ouvido, mas não me chega o som de nenhuma ferramenta de trabalho movimentada por suas mãos. Àquela altura, o barulho na casa era muito. Depois de vinte minutos ele reaparece com os olhos vermelhos esfregados na cara desfigurada. Traz cachos de maravalha enganchados na bainha da calça. Conforme imaginei, é quase certo que fora aplainar alguma tábua como recurso para esfriar a natureza e recobrar o equilíbrio.

É palpável que os sucessos dos outros partos o condicionaram a uma expectativa alvissareira. Ele se encouraça em cima disso. Em sua cabeça, o andamento do parto deve obedecer à mesma bitola anterior, por força de uma lógica oculta que não poderia falhar. Não quer admitir que a chegada de uma nova vida do seu sangue pode se converter num castigo; ou que puxe para o presente a viuvez que o destino talvez projete para o futuro ou para nunca... É como se um prego encravado no coração lhe trouxesse saudades dos dias sossegados.

Estávamos habituados a ver os dois tão jungidos um ao outro que não cabe dizer: essa aflição inesperada os uniu ainda mais. Inútil e a cada hora mais apavorado, ele se contorce, cruza e recruza as manoplas de veias saltadas, envolvido na luta da parteira para que a mulher não se esgote. Aproxima-se da cama e começa a arrodeá-la.

Olha para a mulher de viés ou com as retinas paradas no espaço. Falta-lhe coragem de encará-la: ora puxa e estala os dedos repetidamente, enfia as unhas rundungas nas palmas; ora vira os olhos para o telhado; ora baixa a cabeça para a lama dos sapatos. Igualzinho àquelas pessoas traumatizadas que fazem uma careta mortificada e apelam pra qualquer recurso pontual, se negando a encarar uma cena de horror.

E não lhe cessa a ronda dos sentidos. Vezes e vezes segue apalpando a barba ruiva em sinal de impaciência, acama o bigode com os dedos. Leva a vista aos panos mornos, aspira o vapor de outras chaleiras da água que eu vou baldeando para a gamela, acompanha o movimento das mãos de Sinha Amália, que tange ramos de arruda pelas paredes como se exorcizasse o demônio. Pelo balanço negativo da cabeça, vê-se que permanece inconformado.

Atura toda essa provação como se fosse alvo de insultos. O povinho, admirado, comenta pelas costas a sua inquietação. Mas ele continua seguindo o ritual da parteira que já não lhe parece a mesma: pericia daqui, tapeia dali, somente no intuito de enrolá-lo, dizem-lhe os redondos olhos inflamados. Comporta-se como um homem traído, coberto de ultrajes. Imagino que cogita: eu bem que duvidei desta criatura. E olhe aí o resultado...

— Oh, Sinha Amália, essa sangria danada... como diz a senhora... o que é então? Será que a senhora desacertou? Não é só ir guiando a cabecinha do moleque e a mãe se despachar?

Ela acabara de retirar da gaveta uma braçada de panos, no tentame de atalhar o líquido e os coágulos que ensopam o colchão. De repente, as palavras do homem a imobilizam. Sente-se afrontada. Vejo que recompõe o rosto e faz um biquinho pondo o indicador sobre os lábios. Do jeito agressivo como encara Teodoro, é uma ordem para que ele se cale. Vê-se que ficou bastante ofendida. Mas, como fora criada nos arredores da Borda da Mata, onde o regime educativo não admite desacato de mulher respondona, ela cobra uma suspiração, dá meia-volta e se tranca em si mesma. Por um momento, se recusa a prosseguir manifestando abertamente o sentimento de mulher inconformada. Duvidar de sua competência! Essa é muito boa! Era só o que faltava!

De repente, sua autoestima lhe transfigura mais do que simplesmente as feições, e ela põe um pé atrás, insatisfeita por ter sido desfeiteada na presença de um lote de gente. Precisa rebater com qualquer coisa senão vai estourar. Então, empina o pescoço, atravessa o olho, alonga o biquinho atrevido, enxerga que ele está bastante afastado e aí solta no ar estas palavras:

— Tem cabimento... o senhor tá é caçoando...

Não foi nada que ofendesse, mas, pra quem escutou de pertinho como eu, o tom não era amistoso. De forma que o tempo mostraria: com um desabafo tão tímido, ainda não se dava por satisfeita.

A se medir pela voz rogativa e espatifada da parturiente que, nos momentos mais acerbos, clama pelo nome dos filhos — Cadê Valdomiro? E Clovis... Dumira... Duão... — como se estivesse tresvariando, ou nos convocasse para a última despedida, a situação é desalentadora. Apesar das rezas, das beberagens, da fé e dos recursos variegados da parteira, Teodoro parece constatar, já choroso e morrente, mas ainda incrédulo e estarrecido, que aquelas mesmas mãos portadoras de sossego agora lhe falham por falta de perícia.

Fita Sinha Amália verrumando... vê-se que faz dela o bode expiatório. Concentra-se na desgraça, se treme todo, os olhos marejam, o lenço empalmado amarfanha-lhe a face ruiva e desbarbeada, o chapéu vai e vem da testa ao cocuruto. Só falta soltar baba como um boi desassossegado cavando o chão do curral. É o retrato do ente mais infeliz deste mundo. Sem meios reais de segurar com firmeza e convicção a vida da mulher, vai se convertendo num receptáculo do medo e da impotência que o põem aterrado. Apanha uma das toalhas, roda pelo quarto, desdobra-a frente ao nariz, cheira as franjas, o avesso, e recoloca-a no mesmíssimo lugar, com aquela cara desconchavada de quem não encontra o que procura. Tromba com a penteadeira, ouvimos estilhaços de frascos caídos, vidros quebrados, inclusive um estojo encarnado de pó compacto da estima da Madrinha. Rapa os ouvidos com as mãos enormes, cujos dedos entrançam as pontas por detrás, na altura da tocha de cabelos sobre a nuca. Não suporta mais ouvir, de Sinha Amália, as mesmíssimas desculpas esfarrapadas, as mesmíssimas invocações mal representadas, a mesmíssima voz engasturenta. Suspende os braços e sai protestando à toa:

— Ora feto atravessado! Ora menino de sete meses! Ora tombo na Capela. Conversa-fiada!

Por onde passa, as abas do casaco de gola alevantada derrubam os candeeiros cujas sombras desenham vultos desiguais que se espicham pelas paredes, conforme o sopro da aragem que entra pela porta entreaberta e pelas frestas do telhado. No ar rarefeito do quarto predominam a cânfora, o álcool, o éter e uma rapinha da naftalina dos panos guardados. Na sala e no corredor, porém, se alastra um ar úmido e pesado, contaminado pela fumaça e pela fuligem do bico dos candeeiros de flandre. Com o agravo de que, devido à parca provisão de querosene, que então era conhecido como *gás branco*, os vizinhos acodem com candeias alimentadas a diesel, cujos pavios se convertem em cabeças de morrão insuportáveis: contaminam o ar de fuligem e de um mau cheiro denso e forte, como se fosse congelado.

Arrastando os pés pela casa inteira, a toda hora Teodoro leva dois dedos à aba ou amolga a copa do chapéu e torna a pendurá-lo no torno. Embica o queixo para os tijolos, assoa o nariz, vai e torna ao redor da cama na sua ronda interminável, abafando as passadas. Num momento de mais coragem, aproxima o candeeiro para contemplar minha Madrinha no claro. A labareda inquieta sobe e torna a correr deitada. Vejo, pelo canto do olho, aquele tipão comprido acamar-lhe o diadema de suor ao pé da testa, junto à raiz dos cabelos onde traceja, com o mesmo dedo tremido, o sinal da cruz.

Aquilo bole comigo. Assisto a tudo bem de pertinho e ganho o corredor em tempo de chorar. Apadrinhado sob a folha da porta entreaberta, apuro as ouças para decifrar os rumores que transbordam do quarto; espio aquelas mãos inconsoláveis se esfregando uma na outra, refletidas, apesar da penumbra, no espelho da penteadeira que ele mesmo fabricara com essas mesmas mãos, agora inúteis. Mesmo o vendo de perto, a luz mortiça lhe esbate certos traços: a face vermelha, as sobrancelhas, a barba e o bigode ruivo têm a mesma tonalidade sofredora e me lembram uma árvore viva, inteirinha descascada. É como se ele estivesse se desmanchando...

Sendo, de ordinário, tão cheio de reservas, volto a insistir, com o andar da situação, ele toma-se de furiosa impotência e volta a derramar um lote de palavras coagidas pelo medo. Agora, ofende-se e ralha com a familiaridade dos intrometidos que lhe entram pela porta que Sinha Amália recomendara manter entreaberta, ora devido ao tempo abafado — justificava —, ora para controlar o canudo de vento que se espalha pelo quarto.

— Bando de intrometidos imprestáveis — rosna.

A consciência do desamparo infunde-lhe um princípio de pânico que ele aplica em falar atabalhoadamente: é uma cachoeira inesgotável. Como se estivesse possesso. Não escuta a ninguém. É como se não quisesse deparar com o silêncio. É como se, falando... falando... não cedesse a palavra à desgraça, e a mantivesse sufocada. Como se, não lhe concedendo voz, barrasse a sua proximidade. Demonstrando uma apreensão tão aguda, nem preciso dizer que desde quinta de tarde não dormira um minuto.

Especula o mesmo assunto, investe com implicância, forçando uma resposta com miúda impertinência. Permanece falando vagamente, como se atirasse as palavras aos quatro cantos do mundo. Quando cuida que não, torna a empinar no rumo da parteira. Entende-se.

Num momento de desespero, é a única criatura a quem pode pressionar:

— É. Assim não vai. A senhora remexe… remexe… e cadê o resultado?

Acuada, ela agasta-se pela terceira ou quarta vez. Agora, porém, vai destravar o formigamento entalado nas goelas. Vai que sacode a cabeça e avoluma o busto se preparando para impressionar. Avermelha-se com o ultraje, esquece, por um momento, as regras da boa educação. Vejo a mesma Sinha Amália do dia em que fomos conhecê-la. Sacode o busto volumoso. Levanta-se com os braços rajados de vermelho, assenta a mão nas cadeiras e manda de lá:

— Ôxente, homem! O senhor sabe é tirar madeira na mata. Entende mesmo é de mobília de sala. É melhor que encoste a porta. Junta esse povo pra fora e me deixe trabalhar.

A seguir, sem esperar resposta, vira-lhe as costas.

Mal ele se retira, ouço-a completar a meia-voz:

— A gente atura cada uma! Ô homem ignorante, meu Deus. — E conclui resmungando entre dentes: — Que enjoo da bexiga…

Minha Madrinha é quem, condoída da ousadia inesperada, reage com um fio de voz fraquinho, caído no final das palavras:

— Não fale assim, mulher… ele não diz por mal. Teodoro é um desterrado. Eu é quem sei. Mas tem um coração de passarinho…

7

Daí em diante a situação se agrava em intermitentes desfalecimentos que se amiúdam. Ela arqueja, com a respiração entrecortada, a cabeça suspensa nas mãos de Sinha Amália. Enfia os cotovelos no colchão, suplica ajuda e só se aquieta quando a põem sentada. Permanece ofegante assim por algum tempo. Mal arria a cabeça no travesseiro, porém, a aflição retorna e se avoluma. As mãos se crispam como garras nos braços da parteira. Suplica que não a deixem morrer, com a voz golpeada, a mão sobre o peito, sedenta por um golpe de ar. É como se segurasse o coração.

Teodoro não suporta vê-la assim em frangalhos. Mas mal escapole se roçando nas paredes, dá meia-volta e, com a cabeça se mexendo acima das pessoas, reaparece espreitando da portada. As olheiras se pronunciam até as laterais do nariz. Pelo semblante remexido, parece um maluco. Pendura o beiço de baixo, assoa, com dois dedos, o fio de gosma que escorre do nariz afilado. Está quase abrindo o bué. Estou olhando para ele. Mas é engano: não chega a chorar.

A notícia da piora se espalha. Na virada da meia-noite, a casa enxameia de curiosos. O alvoroço é terrível. Como se as provações não lhe bastassem, Teodoro vê-se obrigado a aturar um novo incômodo: agora é o barulho, a zoada irritante e infernal. A casa ferve com gente de toda casta. Homens tomam os bancos, aboletam-se nas cadeiras, estiram as pernas, puxam o chapéu para os olhos e caem no cochilo. Deles que chegam a roncar. Noite cheia de vexames, mandada do diabo. Há os mais circunspectos e respeitosos, de comentários sisudos:

— Ai da casa que se enche por morte da dona.

— Vai desabar...

Também não faltam sonsos e aproveitadores que agem sozinhos, embuçados pelos cantos. Estão ali para se roçarem nas mulheres, apalparem pernas distraídas, soprarem dichotes e cantadas nos ouvidos das donzelas. Mais afastada, uma roda de rapazes se diverte a jogar puia, a contar piadas indecentes e apimentadas. Pervertidos ou não, caem na risada...

— Coitado de Teodoro. Mal-acostumado com esse pancadão de endoidar qualquer vigário, que outra criatura vai lhe servir de consolo?

— Vai pirar. Duvido que arrume outra igual. Não aqui neste buraco.

O clima de feira livre é muito mais do que a simples violação de seu domicílio. Teodoro sente-se fraudado também por essa parte. Estala as manoplas nos próprios ouvidos, mas o pessoal não se manca. Enfim, ele muda o tom: passa a se mostrar irritado de forma ostensiva. Com a enchente de homens indiscretos, de mulheres tagarelas, da meninada se enganchando nas pernas da gente, ele vai perdendo as estribeiras. Como decretara que não se servisse sequer um cafezinho, o pessoal se movimenta, sai e volta numa zoeira irritante.

Perto dele, ninguém ri. Se já andava longe do Teodoro cheio de paciência, imagine então agora! O alvoroço audível lhe rói os nervos e mais o apavora, como se lhe rebocasse as esperanças. Põe-no fora do sério, na iminência de estourar. Em que fim do mundo ecoariam os assobios e cantarolas do verdadeiro Teodoro, na rotina agradável de sua oficina? Faz gestos com a mão para que falem mais baixo — mas ele mesmo é o mais exaltado.

— Evacua... evacua... deem-se ao respeito... acabem com essa risadagem.

Insiste no tom agressivo, enquanto arrasta uma cadeira pelo corredor. Despenca no assento ao pé da porta, visto que não devia ser trancada. Sinha Amália é quem agora manda deixá-la entreaberta, não devido aos motivos que ela aduz. Na verdade, teme que a parturiente se fine ali trancada e em suas mãos. Dali ninguém passa. É um vigia visivelmente esgotado.

Lá pelas duas da manhã de sábado, vem engrossando, dos quatro cantos da casa, uma chuva de palpites a meia-voz; mais tarde, o tom sobe, se entrecruzam em opiniões desencontradas. E, a seguir, com o caso se agravando, há um arremedo de confusão, um verdadeiro desgoverno. Ninguém mais se entende. Justo há dois dias, convivemos com alguns aguaceiros descontrolados. É mais um dado agravante. Recomeça a chover e o bando de homens que apinha o terreiro entra em casa para se agasalhar. O chão atijolado chega a tremer de tanta gente.

O rebuliço tem lá sua razão. Aquelas dúvidas que Teodoro espalhara sobre a inabilidade de Sinha Amália contaminam o pessoal que se divide em dois grupos. Os assentos do alpendre estão apinhados, não chegam pra tanta gente. Sentados nos bancos de encosto alto, colocados ao comprido das paredes, os homens conversam alterados, como se estivessem brigando. Até que, da penumbra dos candeeiros mortiços, aflora uma sugestão que se impõe, embora não seja consensual. Aliás, como nada neste mundo. Enfim, a maioria vota por imediata convocação de uma parteira-auxiliar.

A essa altura, Teodoro virara um espantalho: babata no vazio com os braços agitados acima das cabeças como se chamasse com os dedos alguma solução inaparente, e passa a emprestar ouvidos a todas as vozes, acometido de desespero por não atinar com uma saída. Atitude que, aliás, equivale a não emprestar a devida atenção a ninguém. Qualquer palpite idiota é acolhido e, com a mesma ligeireza, igualmente descartado. No meio desse vai e torna, uma comitiva se prontifica a ir apanhar a criatura escolhida para ajudar Sinha Amália. Mas como ela mora distante e a chuva engrossa… pedem tempo. Circunstanciados por tamanha emergência, alguém aparteia que o tempo ali vale ouro.

Nesse entremeio, outro cidadão aventa o nome do prático Zé Maria, que está de visita ali na vizinhança. Teodoro escuta e estaca imóvel, como um cachorro de caça amarrando uma perdiz. É pura expectativa. As pessoas se entreolham de fininho, com uma boca de riso dissimulada. Alguns dos presentes caçoam dele. Nesses ajuntamentos inesperados costuma pontificar uma corda de gente que vai de séria a gaiata.

— Consentir que este elemento mexa nas partes íntimas de minha mulher? Isso nunca! É pecado de mandamento!

Levantamos a vista para Teodoro, que sabíamos cativo de amor, e por isso mesmo mais atado ao anel desse dilema, como se bambeasse das pernas sobre o fio de uma faca. A maioria de nós está com ele, desconfio que até uma parte das mulheres. Mas essa calada e difusa complacência não lhe atenua o desamparo, nem serve de agrado às feições alucinadas.

De um momento para outro, virou um homem ressentido. Mostra-se mais agudo e espectral do que se aduz dos seus braços musculosos. Pela cara que faz, vocifera murmúrios contra a cambada que pretende desmoralizá-lo. Não chegamos a ouvir aquelas palavras que acabo de meter em sua boca, mas é fácil adivinhar que elas formigam na mente de seu calete calado e se espalham em muxoxos mal articulados, a salvo de controvérsias.

Consagrado à sua *tenda* e manso de coração, Teodoro jamais desperdiçara tempo com porfias nem maluquices. Era como se pairasse acima das ninharias que alimentavam as conversas em geral. Em casa, como se sabe, por devoção a minha Madrinha, e por fastio de contestar-lhe as palavras, quem mandava era ela. E por resguardar o ponto de honra que ali está em jogo, convenhamos que ele nem por isso é a fera braba que, aos olhos de hoje, pode aparentar. Ao defender de forma equivocada o recato da mulher, não fazia mais nem menos do que qualquer outro morador da região. Agia congeminado com as "bondades" e as regras empedradas do povinho carrancista daquela Borda da Mata sem arejo, escondida nas locas do agreste sergipano, naquele ano de 1954.

É com certa facilidade que evoco esse ano trágico que, em minha mente, ficou indelevelmente associado ao suicídio de Vargas. Ocorrera havia poucos meses. A notícia, longe de ser uma bomba, foi acolhida com o desinteresse propiciado pela alienação. E não afetaria a pasmaceira do povoado. Fora espalhada por Malaquias, um garganteiro que, entre nós, adorava proclamar as novidades. Nas horas vagas, ganhava o sustento cortando cabelo e rapando barba numa puxadinha erguida no oitão da própria casa, com porta aberta para a praça. A um chamado do freguês, ele depunha a enxada com que cultivava a malhada do quintal, e vinha daí derrubando, com o dedo envergado, o suor que lhe porejava pela testa. Ajeitava o fio da navalha na almofada da própria mão, que não passava de um calo. Ligava o rádio, e se doava ao ofício, mas não sem ir botando falação por cima do que ouvia.

Naquele dia de agosto, escutou que o chefe da nação se matara no Catete. Ali, não se tinha uma ideia razoável da extensão do fato. Mas meia dúzia desses curiosos que existem em qualquer ajuntamento social ouviu o relato de Malaquias de orelha em pé. Podia muito bem ser mais um aumento de sua língua irrefreável. E então foram conferir com a Madrinha, que também tinha um rádio de válvulas e fama de esclarecida, se a notícia batia com a verdade. Encontraram-na numa cadeira de balanço, barriguda, de ouvido colado nas notícias, com a talagarça esticada no bastidor, bordando uma peça do enxoval para o quarto filho que então era esperado.

Esclareço que rádio ali era um aparelho raríssimo. As válvulas produziam estrondos, papocos rasgados e descargas que os mais ignorantes e sugestionáveis atribuíam a fantasmas do outro mundo. Era alimentado por bateria pesadíssima que então se chamava *acumulador*. A Madrinha tinha um par. Todo sábado um deles viajava no caçuá de um jeguinho para ser recarregado em Rio--das-Paridas. Passava a semana inteira recebendo carga lá, com o polo positivo e o negativo presos nas grandes garras de metal. Enquanto isso, a Madrinha usava o acumulador sobressalente. De forma que sempre tínhamos notícias fresquinhas. Quando um deles seguia, o outro retornava.

Na ocasião, ela não só confirmou a notícia levantada por Malaquias, como explicou direitinho a repercussão do caso em Aracaju. Daí pra cá, décadas se passaram. Mas ainda a ouço esclarecendo que, incitado pelas forças do PTB, apoiadas pelo PSD, um bando de gente tentou invadir a morada de dr. Leandro Maciel, líder da UDN, por ilação com Carlos Lacerda, que era do mesmo partido e, segundo consta, tripudiara na imprensa falada e escrita, pressionando o presidente à tragédia do *Catete*.

Ao ouvir esse último nome, um dos curiosos de repente se endireitou na cadeira e largou:

— Esse lá… onde ele arrumou semente de milho *catete*? O coroço da espiga é miudinho, mas é danado pra madrucer antes do tempo.

Fez-se um silêncio constrangedor. Não houve comentários. A Madrinha olhou-o e pendeu a cabeça, desconsolada. A seguir, ainda falou que, enquanto ouvia essas notícias do jornalista Silva Lima, que também clamava por socorro, a própria Rádio Liberdade estava sendo apedrejada pelos revoltosos que desejavam punir pelo chefe da nação. Os assistentes se entreolharam, e um deles comentou:

— Coitado! Deve ter deixado um mundão de tanta coisa! Será que mandava mais do que o deputado Canuto?

Assim que as pessoas saíram, ela abanou a cabeça e ficou lamentando — tristemente — que a Borda da

Mata quase inteira não tinha sequer uma ideia apropriada do que fosse o *chefe da nação.*

E, por favor, não achem que estou bordando o caso ou contando patacoada. Dei toda essa volta para dizer: coitada de minha Madrinha! Nunca encontrei outra pessoa tão solidária e cheia de vida, como se quisesse abraçar o mundo inteiro, inclusive os santos da Capela e a meninada de sua escolinha. O atraso, a rudeza e a falta de fé que tanto lastimava e que, na qualidade de pedagoga e de zeladora, lutara para erradicar, terminaram se revertendo numa letra inscrita em seu próprio corpo, numa chaga em carne viva, no verdugo que a iria supliciar.

8

Nas ave-marias daquela sexta, seu Saturnino já perdera o sossego. Com a intuição fortalecida pelo recado da filha, ele calou os escrúpulos de sogro ofendido e apregoou aos quatro ventos:

— Chegou a minha hora de agir.

Incontinenti, tratou de providenciar, por conta própria, um carro-de-boi em condições de atender a uma emergência. Não tinha dúvidas de que o genro se desdobrava em cuidar bem da mulher, lhe conceder carinho, regalias e conforto de fidalga. Ninguém podia tocar nela. É como se fosse uma fada.

Mas nem por isso deixava de levar em conta as suas implicâncias de marido possessivo. Cabeça-dura. Quando a mulher está em causa, prevalece a maneira pessoal de exercer o seu zelo, acordado com as convicções mais rudimentares. Mesmo estando em vias de cometer uma besteira — Ave-Maria — não há quem o convença do contrário. Portanto, até então se resguardara, mantivera o seu plano em segredo.

Com o demorado pingar das horas, chegamos às quatro da manhã do sábado. É a própria Madrinha quem, em sucinta confabulação de última hora, participa ao marido a alternativa da viagem. A princípio, ele só fez abrir a boca, desnorteado:

— É brincadeira. Que invenção é esta? Como

enfrentar um tempo tão ruim num estado deste? É loucura. Você não vai aguentar, minha filha.

— Foi ideia de meu pai. Ele quer me acudir.

— Só podia scr aquele maluco...

Teodoro de fato se contraíra com a surpresa. Mas falara por costume de rivalizar com o velho. Falara sem pensar. Logo a seguir, porém, ao assuntar bem a alternativa e ouvir pessoas bem razoáveis, foi caindo na sensatez, limpando as feições apreensivas e assentindo com a cabeça e o coração, como se, afinal, depois de tantas horas de tormento e indecisão, a voz dolorosa da própria mulher lhe abrisse uma brecha de esperança. Desde quinta à tarde, é a primeira vez que abranda a impaciência. É como se a exaustão pessoal ou a fenda que se abre nas trevas escuras fizessem-no raciocinar bem baseado.

Entre os presentes, houve consenso de que sua aquiescência repentina chegou amaciada com as lágrimas da mulher, derretendo-lhe a resistência. Verdade é que afasta os escrúpulos pra uma banda e passa a abraçar o expediente engendrado pelo sogro. Afinal, olhando bem, era o último recurso disponível naquelas brenhas abandonadas: metê-la no carro-de-boi até Rio-das--Paridas, baldeá-la daí para a ambulância do posto de saúde e torcer para que chegue a tempo na maternidade do Cirurgia, em Aracaju.

Dias depois do desfecho consumado, os maldosos voltaram a malhar e a moer Teodoro. Espalhariam que ele havia acatado a iniciativa do sogro de forma tão inopinada e instantânea, e com tamanha empolgação, porque apenas aguardava o momento oportuno de lavar as mãos. Ah, desgraçados. Aproveitavam qualquer coisa pra soltar os maus instintos em cima de Teodoro. Era o preço que ele pagava por ser um artista independente e solitário. Não perdoavam.

O carro ainda não saiu. Mau-mau! A viagem começa retardada. Momento em que Zé Carreiro vai falando aos bois, é retido por um bando de mulheres atrasadas que chegam para abraçar minha Madrinha. Aproveitam a ausência de Teodoro que, como vimos, mal se despedira, recebeu o chapéu que avoara e embocou dentro de casa. Desata-se um chororô danado com muitas mãos erguidas acima das cabeças, num rogo coletivo de clemência dirigida aos santos céus. Algumas das mulheres choram com tanta dramaticidade que parecem carpideiras. Torna a ganhar corpo e a se propalar uma onda impalpável de expectativa sombria. A essa altura, ali colado ao estado deplorável da Madrinha, eu me indagava, com a sensação opressiva de que não valemos nada: quem poderia pressentir que, há obra de dois dias, uma criatura tão saudável, já calejada em três parições bem-sucedidas, de repente entrasse numa dessa? E prejudicada justo por recompor a coroa da santa da charola. Não é inacreditável? Se os santos se comoverem, decerto intercederão por ela nessa viagem tão penosa e temerária. Como irá resistir ao tomba-tomba torturante, ainda de quebra com um feto atravessado? Sei não.

Já não era tão cedo. Mas, devido à friagem, as mulheres vieram se despedir protegidas por xales escuros, alguns deles até franjados. Não passam de peças ordinárias. Se não é pela cor severa, diria que são toalhas. Elas abrigam o tronco e os braços contra a umidade que escorria entre nós, naquela altura em que o Serrote do Cabula, erguido ali ao fundo, ainda fumegava pelo cume e pelas abas a névoa retardada que ia se dissipando, pondo à mostra a silhueta recortada pela luz do sol que vinha timidamente despontando por detrás.

Nessa mesma hora, em dias ordinários, com toda a certeza o sol já teria acordado o nosso povoadozinho de casas espaçadas entre intervalos invadidos por malva-branca, carrapichos e urtigas. Os homens estariam torcendo o suor da camisa nos roçados; as mulheres e a meninada arranjariam a tapioca; de arganéu de arame na rodela dos focinhos, os porcos roncariam, revirando os rebotalhos fedorentos dos monturos; as galinhas inquietas abeirariam a casa de farinha ciscando nas rumas de crueira para o papo dos pintinhos. Como o tempo chuvoso transtorna a vida de todos!

A tristíssima nova da viagem pegou o povoado de surpresa. Num lugarzinho tão sem assunto, acho mesmo que não se conversava outra coisa. A assembleia do cajueiro ia rugir o sábado inteiro com a falação desenfreada. Assim que partíssemos, debaixo de chuva, quantas pessoas continuariam lamentando de verdade a via-sacra que a Madrinha teria pela frente?

Hoje em dia, o melhor mesmo é calar. Na ausência, os sentimentos dos que protestam amizade se modificam ou até viram fumaça. Prefiro admitir que, mal a nossa comitiva se encobrira no primeiro lance da estrada, recomeçaram o falatório e a especulação. A solidariedade, com toda certeza, se convertera em zoada. As mulheres do povoado, exclusivamente ocupadas com os afazeres domésticos, com a rapagem da mandioca e lavourinhas de pequenas malhadas e quintais sem participarem do ganho nas roças alheias, pouco se mexiam. Continuavam socadas nas cozinhas, fumando cachimbo, acocoradas umas aos pés das outras, comentando o acontecido. Os homens, mal e mal abrandara a chuvarada, com toda certeza foram fazer moa descansadamente à sombra do cajueiro. Sábado. Com tanta água, ninguém enfrentou o mau tempo em direção à feira de Rio-das-Paridas. Pouco a pouco, o regime rotineiro entra nos eixos. E assim a vida anda...

Afinal, Zé Carreiro torna a falar aos bois e, com o pé da vara, vai afastando as últimas criaturas encostadas aos rodeiros. Contrafeito, empurra uma e outra sem a menor delicadeza. Está atrasado. Tem muita estrada pela frente. Arrasta as unhas com uma má vontade declarada; circula, pela segunda vez, as três parelhas de bois que fumegam pelos corpos. Encolhidos num rescaldo de neblina, assopram rolos de fumaça pelas ventas orvalhadas.

De ponta a ponta, ele relanceia os olhos inexpressivos através da chuva que goteja do chapéu; vigia se os bois estão todos abrochados; se há alguma trava solta ou qualquer outro detalhe fora de ordem que possa comprometer a viagem. Mesmo porque Meu Doutô é um boi reimoso: sai de arranco e nunca pega o prumo com os outros. Resulta que, ao puxar de supetão, aos exageros, lança o pescoço para a banda de fora — e adeus, canzil! E lavrar outro toma tempo. É um empate medonho! Tem de levar em conta que transporta uma criatura enferma, uma carga delicada. Por isso mesmo, acautelado, vai levando ali um par sobressalente, amarrado na trava dos fueiros.

Conclui a inspeção. Eleva a mão direita ao fueiro e, mal a esquerda faz o tanjo, bem apoiada na vara, ele salta para o tamborete do carro, onde se mantém equilibrado, seguro como um prego. Não parece que carrega uma hérnia na virilha! Afinal, está no seu posto de comando! Desde menino, esteve sempre por baixo, desterrado da família, fugando daqui e aparecendo ali, comendo o pão que o diabo amassou. Ouvi muitos comentos sobre o menino desprotegido que travou uma luta dos demônios para pensar as feridas e organizar a própria vida. Costuma dizer que nunca quis meia com mulher ou filhos por receio de lhe aumentarem as despesas. Desse modo, importa frisar que nunca teve condições de mandar em alguém.

Longe que estou no espaço e no tempo, ainda o revejo. Está cheio de solenidade. A vara comprida, como um troféu encastoado, se movimenta em suas mãos. É como um cetro real encravado em seu passado. O tamborete regula ser um palco que lhe concede poderes de protagonista. É uma grande investidura, alguma coisa assemelhada a um trono. Compenetrado, mal se volta para olhar minha Madrinha. Sua atenção está à frente. E enquanto roça o encastoo da vara no lombo dos bois do coice, soletra o nome da dianteira:

— Êeia… boi. Vamo, En-can-ta-do… vorta, Meu Dou-tô…

Morosos, os grandes rodeiros calçados a talhadas de ferro começam a fender a lâmina de água da superfície que logo torna a se fechar. Sulcam a terra empapada. Alça-se, do fundo das almofadas, um gemido entrecortado, como se uma ferida palpebrasse:

— Valei-me, Nossa Senhora do Bom Parto…

Zé Carreiro, ocupado em comandar o primeiro lanço da saída, sabe que aquela grande centopeia movente depende apenas dele, mas não se digna a escutar a Madrinha. Sinha Amália, que reprovara o chororô das comadres, é quem se deixa tocar pela débil rogativa. Apruma o espinhaço numa postura encorajadora:

— Não desanime, filha de Deus. A gente agora vai indo no bom caminho. Chegando lá, a senhora se despacha... Maior é a Corte Celeste.

São mais de vinte anos de experiência a partejar de todas as maneiras, aparando meninos, compartilhando a alegria ou o luto com homens e mulheres. Algumas freguesas a adotaram como membro da família. Tomaram-na como comadre. Ganhara afilhados e afilhadas que ela mesma os ajudara a nascer. Nesse ramo, é a titular da região. Sua folha corrida daria uma novela! Natural que trace diagnósticos suportáveis e se mantenha serena mesmo quando, intimamente, dê o caso por perdido. Num lugarzinho assim, congeminado com a penúria, a tática mais cômoda e corriqueira é se adequar ao fatal.

Consta que, tendo assistido tantos partos insolucionáveis, ela aprendeu a converter prognósticos funéreos numa aura de conforto conduzida e entocada numas palavras tocantes que, em muitos casos, iludem e consolam as famílias. E segue em frente de consciência acordada com a sua filosofia: se seu apostolado não pode deter a morte, também não atrapalha.

Cotejada com a pujança da própria vida — ela bem sabe —, esse conforto emoldurado no palavreado solidário representa quase nada. Na verdade, não passa de um simples logro. Mas para a vítima que, num ermo tal, se debate inteiramente abandonada, termina sendo um bálsamo para o espírito, um analgésico para o coração avariado ou lhe valendo qualquer outra coisa…

Àquela altura, Sinha Amália toda concha, ia falando à Madrinha. Que amenidades diria, me pergunto. Pode estar muito bem suspirando a dureza de suas verdades e seguir predicando virtudes no tomba-tomba do carro. As mãos alisam os cabelos de minha Madrinha recolhidos a seu regaço. Empastados, nem lembram mais como há dois dias eram tão fofos e folcados. Segue pajeando-a carinhosamente com aquela paciência compadecida e destinada aos doentes incuráveis, não somente para acudir-lhe em qualquer acidente imprevisível, como também para sossegar-lhe os gemidos.

Na subida da rampa que desemboca na estrada real, o cascalho ringe esmagado pelo ferro dos rodeiros; crepita pisado pelos bois que forçam as escápulas a ponto de provocar o rangido dos tamboeiros de relho cru e o estalo dos canzis de fumo-bravo. Minha Madrinha apura o ouvido, toma uma base para se orientar. Pelo ranger nas pedrinhas, reconhece o trecho da estrada de onde se avista toda a redondeza. Alça os olhos com uma pontinha de apelo a Zé Carreiro. Inutilmente. Pois ele permanece de costas. Atenciosa, Sinha Amélia toma-lhe as dores e sai por ela:

— Seu Zé… — E mais alto: Ei… Seu Zééé… é pra esbarrar aqui. A mulher é que tá mandando.

A Madrinha ajeita-se, erguendo-se nos cotovelos. Sinha Amália eleva-lhe o tronco com vagarosa delicadeza nas mãos. A supliciada mexe os olhos até o infinito… corre a Borda da Mata com as lágrimas. Espicha o braço no rumo da *tenda* de Teodoro. Visto dali o povoado, num dia chuvoso assim, não passa de um vulto emborralhado. E traça um trêmulo sinal da cruz como se estivesse a abençoá-lo para sempre. A seguir, despenca no colchão, passando a língua nos lábios salgados da sobra que escorrera dos olhos.

De repente, escutamos o estrépito de um animal a galopar em nossa retaguarda. Mal me volto para o fundo da estrada, surde do meio da chuva o velho Saturnino, envolto num capote colonial salpicado de lama e amontado numa burra alazã. Aproxima-se com os calcanhares avivando a montaria que assopra e entesoura as orelhas refugando. Pela pisada segura e a estrela na testa, reconheço logo a Medalha. Reluta em se encostar ao recavém. Apavorado, o velho risca a burra quase me pegando o cavalo. Desmonta com um salto para o chão, endireita os óculos que lhe dançam na cara, com uma haste mais curta remendada a arame, mal amarrado sobre as orelhas. Me passa as rédeas da burra e desmonta para acudir a filha com gestos e palavras que comovem.

— Oh, minha fia… Mas que coisa! Você sendo tão sadia e bonita… a minha fada! Já uma criatura de família bem-criada e nunca teve nada. Nem um só tantinho assim — mede e mostra-lhe a unha do indicador com o polegar. — Tá se sentindo melhor? A gente fica pra não viver, vendo você assim à toa, no diabo deste carro. E num tempo alagado deste. Só empreitei com Zé Carreiro porque não tinha outro jeito.

— Eu sei, pai… eu sei… o senhor fez o que pôde…

— Tá sentindo muita dor? Com fé em Deus — arranca o chapéu da cabeça — mais logo você se despacha e fica boa.

Não se sabe onde mais lhe dói, coitada. Mas cada um pode imaginar. As escassas palavras são reticentes nos balbucios inacabados. Responde o indispensável movendo a cabeça, as pálpebras e as mãos. Permanece recostada. O velho então se arrepia lastimando outra vez seu desamparo ali no meio da estrada. Para os filhos, os pais sempre querem o impossível.

Sopapa as rédeas de minha mão e, firmando o pé direito no estribo, salta para a sela. Afunda as esporas na barriga da mula, ajeita de lá e de cá, até levá-la rente aos fueiros da retaguarda. Então, abre o puído guarda-chuva negro, e inclina-o como anteparo pelas traseiras do carro. É para atalhar qualquer respingo que possa ofender a filha e lhe provocar um resfriado. Providência praticamente inútil, se não valesse pelo gesto de delicadeza de uma natureza tão rude, visto que a chuvinha inclinada está batendo é pela frente.

É um velho fino e intransigente. Sim, fino: com qualquer bobagem, toma o caso na unha e faz um estardalhaço, uma montanha instransponível. Encapotado, guarda-chuva em punho, ele prossegue no coice do carro, a cabeça da burra quase roçando o recavém. Entre murmúrios, batendo as bochechas, viaja inconformado, lastimando a ausência do genro Teodoro.

— Sujeito descansado. Negócio mal prometido!

Solta essas palavras zangadas torcendo o tronco na sela que é para melhor me encarar. Sou o último da minúscula comitiva. Desse momento em diante, meu lugar é atrás do velho. Foi assim que me instruíram. Mas, amiúde, sou arrastado pela condição da Madrinha e me distraio. Quando cuido que não, quebro a regra: o meu cavalo, desobrigado e viajadorzinho, emparelha com Medalha, competindo em ultrapassá-la. E só reparo na pequena transgressão involuntária, porque o castigo me alcança à queima-roupa: sob os redondos vidros embaciados, o velho derruba os bugalhos rajados de vermelho em cima de mim e, estabanado, numa estupidez medonha, atravessa e risca a burra na frente do cavalo. Na esbarrada, os cascos esguicham a lama rala pra tudo quanto é lado. Um despropósito medonho.

9

Justo quando vamos nos encobrir ladeira abaixo, viro as rédeas de Castainho, deito os olhos para trás e avisto um bolo de gente que ainda se comprime debruçado no balaústre. É certo que já estamos longe. Mas, pelo visto, poucos arredaram o pé. O alpendre continua lotado; naturalmente, povoado de comentos. Teodoro é quem já não deve andar pisando ali. Em momentos difíceis, conforme anotei, costuma embocar na oficina que nem um asmático atacado, sedento por um golpe de ar. E aí, então, destranca o cadeado de ferro, puxa o gavetão da banca de trabalho feita a grossíssimos pés de sucupira e lastro bordado de maracatiaia, onde guarda a trena, o esmeril, enxós, formões, escopros, goivas, martelos, torqueses, limas, grosas, outras ferramentas de tamanho reduzido e algo a mais embrulhado numa sola de vaqueta e socado lá no fundo. Retira a plaina menor, estira uma peça de madeira qualquer sobre a parelha de cavaletes ajustados à sua altura e dana-se a acepilhá-la num rojão desesperado, convertendo a pujança física e a tensão mental num monte de maravalhas cacheadas.

Por trás dele, pendurados nos tornos de pau e cobertos de pó de serra estão a garlopa, os serrotes, as réguas, o facão, o metro de madeira e outros utensílios que não cabem no gavetão. Habituou-se a esse ritual desde o primeiro entrevero com o velho Saturnino, quando então, por ter se sentido tontíssimo, o médico de Lagarto recomendara-lhe aquela prática braçal como terapia para azeitar os nervos e domar a paciência. Apesar da calma que aparenta, de haver granjeado estima enquanto conciliador, se o apertam muito, o coração vacila e acelera em batidas desarrumadas.

Lá está a Borda da Mata, que não passa de um arruado irregular com sua população desassistida. Avisto, pendulando acima das cabeças, um bando de braços que acena de longe os derradeiros fragmentos de dúvida e de tristeza embolados em votos de boa sorte erguidos para o destino de minha Madrinha.

Amiúde, o velho Saturnino inclina-se na sela e corre os olhos nas nuvens que ainda se movimentam pesadas, sondando a altura do tempo. A seguir, torna a se voltar para o fundo da estrada. Talvez ainda alimente a esperança de que o genro compareça. Os olhinhos agressivos chamegam sob as lentes sujas, com as pupilas se movendo em estocadas, em rápidos saltinhos de canto a canto das órbitas. Especulo mesmo que parece matutar: "bem que poderíamos seguir aqui os dois — eu e Teodoro —, já que é em benefício de minha filha. Mas tem um adendo. Desde que fosse um de nós na dianteira do carro e o outro na rabada, tendo os bois de permeio, visto que parelhos não podemos viajar. Não dá certo".

Aturdido com a condição da filha, de quem escuta a pontinha dos gemidos, ele emparelha a burra com o carro, apoia a mão no fueiro mais próximo do travesseiro. Inclina-se na sela, firma o pé no estribo direito, levanta os fundilhos do coxim, e debruça-se sobre ela, a filha, como se quisesse arrebatar-lhe o sofrimento com as mãos. Nos trechos mais esburacados, multiplicam-se os tombos, as sacudidelas, as derrapadas nas encostas quase intrafegáveis. Ela se desespera em súplicas e lamentos agarrada a Sinha Amália, que endireita o espinhaço e passa a punir por ela:

— Zé… ô seu Zééé… não tá vendo a situação da mulher! Nesse regime ela não aguenta. Por que não controla esses bois?

— Vocês querem andar ligeiro e me chegam com reclamação. — Sacode no ar a mão desocupada. — Mais devagar do que isso… só se o carro andar parado…

— É cada uma que escuto! Eu, hein? Maior é a Corte Celeste.

O velho, apesar de ligadíssimo na conversa, não foi chamado a intervir. Mas a filha é sua. Arroga-se cheio de direitos. Então, solta de lá a sua admoestação:

— É preciso andar com jeito, homem. Isso aqui não é uma carga de lenha. É mal procedido. Assim você me acaba com a menina. Não vê que ela tá em apuros!

O outro se contrai como uma cobra, balança a cabeça e chega a olhar de banda. Altamente incomodado, sopra interjeições ininteligíveis. Mas não responde. A muito custo, aprendera a hora de calar. Um risinho safado trepa-lhe na face. Talvez intua que o velho adore mostrar autoridade. Só fica satisfeito se deblaterar… deblaterar… até cansar a última palavra.

Por um instante, o velho Saturnino aguarda a resposta. Está tenso. Prepara-se para rebatê-la, venha de lá o que vier, e prosseguir na sua arenga recriminativa. Mas aguarda inutilmente. Então, insatisfeito, sem encontrar melhor alternativa, vejo que, mal-humorado, ele me encara e vacila: tenho medo de que a tempestade de suas palavras ofensivas recaia sobre mim. De repente, como se rodasse nos calcanhares, muda de ideia e direciona a fúria para o genro ausente. Afinal, é mais cômodo e pode prorromper mais à vontade. A voz ofegante capricha em soltar o antigo despeito reprimido, de onde ouço e retiro alguns fiapos:

— Aquele... é um desnaturado. Não merece a mulher que tem. Pois abandonar a minha filha, bonita como uma fada. Peregrinando na estrada como uma coisa sem prestígio! Sem nenhuma proteção!

Suspende a fala e um braço. Limpa, com a manga da camisa, a baba que escorre do canto da boca. Em seguimento disso, muda a vista e me encara:

— Não é, menino? Vá aprendendo de novinho. Seu moleque! Se acostume também a respeitar. Enfim, você agora é meu neto. Torto, mas é. — Faz uma pausa. — A vida não presta! A gente denga uma filha anos e anos... denga... denga... e depois entrega a uma lástima que só tem tamanho! O mundo devia ter mais justiça!

Abaixo a cabeça e vou afastando o cavalo de fininho. Coitado de Teodoro... assim mal-entendido. Atassalhado pelas costas! Será que alguém acredita que ele não acompanha a Madrinha porque a *tenda* está cheia de encomendas atrasadas? Ou para não perder a cabeça e cometer uma besteira contra o sogro? Não sei. Mas, convenhamos, o povo não é besta. E eu que sou gente de casa, acho que não me engano. Sua robustez física e moral esconde aquela fraqueza inexplicável... É perturbado dos nervos. Desfigura-se inteiramente — com qualquer incômodo que penalize a mulher. É um sucesso! Desatina-se, entra em parafuso, bate com a cabeça nas paredes.

O despeito com o genro remonta ao casamento que não aprovara, e que gerou uma questão irresolvida. E, de fato, a partir de tal desinteligência, palmo de terra onde um deles assiste, o outro não toma chegada. Vejam isso: nosso talho de carne verde é tão acanhadinho que, na feira de cada sábado, se esposteja apenas um novilho. Pois bem, assim que Teodoro emboca pela portinha da frente para aviar o peso de carne, o velho Saturnino, em tempo hábil, escapole pelos fundos. Evitam-se reciprocamente. Até hoje são políticos...

Para ser mais exato, o velho foi quem se afastou do genro que, sendo homem prudente e descansado, deu pouca ligança ao incidente e nada fez para remediá-lo: o tempo que se encarregasse de esmerilhar e diluir essa besteira. Como já tinha a vida bem-arrumada com a sua filha, isso lhe bastava. Levava a coisa na esportiva, se sentia bem acomodado. Saturnino, ao contrário, era turrão. Quando vim a saber desse caso, ele já estava entrando na casa dos setenta.

Hoje, ao peso da idade, adicionem a viuvez, a ociosidade, o calete belicoso, a asma, a vista curta e outros achaques e desgostos que de alguma forma o agridem. Apesar disso, ainda se recusa a declinar do orgulho. Envergonha-se de parecer abatido. Sempre ponderei que ele se prevalecia dessa inimizade, fazia dela o seu cavalo de batalha, unicamente pra alardear a própria importância. Para mostrar que, apesar de velho, se mantinha vigoroso e ativo. Essa postura regava-lhe a autoestima, o sustentava e o fortalecia aos olhos dele próprio e do mundo. Atribuía-lhe uma posição destacada no meio da família. Com isso, se compensava do modesto papel social e político que já lhe fora subtraído. É como se pusesse o dedo em riste: "Aqui ninguém me igualha. Tenho vergonha na cara... não devo nada a ninguém... e vivo em cima de meus direitos".

A essa altura, se o desfalcam dessa referência — me perguntava —, o que lhe restará, se a idade e o desgaste não lhe deixaram mais nada?

Prosseguimos lentamente. O percurso é penoso e se desenrola inalterável, sempre pontuado pelas penosas invocações da Madrinha que vão se tornando — pra que negar? — um refrão enjoativo: as mais dilaceradas nos alcançam. No último lanço do primeiro tombador o declive é muito empinado. É aquilo que aqui chamamos *pirambeira*.

Castainho encara a descida esticando as patas dianteiras. Os bois de coice quase desembestam cabeça abaixo. No momento oportuno, porém, Zé Carreiro bate e rebate no tamborete com o pé descalço:

— Psssiu... fasta boi... aaêê... Cacheaaado... Fasta... Vivedoor... — Adestrados e obedientes, ambos se retesam a tempo, capricham no finca-pés. Emparelham as forças na pegada, cravando as unhas no chão até estralejarem. Voam talhadas de massapê. E se enrijecem para trás arcando com o peso inteiro, até os chifres tinirem contra os canzis de fumo-bravo e as bundas arriarem. E saber que os solavancos e encontrões dessa esbarrada devem atroar nas entranhas da Madrinha! Com o susto que tomamos, o velho torna a ralhar com Zé Carreiro:

— Filho da mãe!

Impertinente, sempre arranja o que dizer. Pula da mula embaixo, reclama contra Sinha Amália e vai pra perto tomar conta da Madrinha, como se lhe resgatasse a vida entre as mãos. Já vencemos um bom pedaço de légua, indo de chapa contra a chuvinha que nos pega pela cara. Apesar de abrigado com um saco de estopa jogado sobre os ombros, Zé Carreiro pinga de todos os lados, encharcado. A aba do chapéu de pindoba, com o peso da chuva, desaba sobre os olhos. Prossegue firme com a disposição costumeira. Aliás, má disposição.

E não creio que seja pelo frio ou por medo de apanhar um resfriado. De permeio entre ele e a Madrinha, cujo colchão foi recuado para o fundo do carro a fim de resguardá-la, Sinha Amália sustenta, de braços estendidos, um pedaço daquilo que fora o primeiro capote colonial de Teodoro. É para deter a chuvinha inclinada. Como há anos o tecido perdeu a impermeabilidade, deve pesar um horror. De forma que ela o sustém, mas as mãos já começam a tremer e vacilar no limiar de suas forças. O capote servira de abrigo a Teodoro nas suas incursões para tirar madeira na mata do Balbino, fustigada por um ou outro aguaceiro rigoroso.

10

Embora siga aqui a mando de Teodoro, justo para olhar pela Madrinha, a bem da verdade, encaro esta viagem com desgosto. Aborrecido. Não sou eu quem devia andar aqui. Nem mesmo cheguei a me comprometer claramente. Já tivera indícios de que não tenho estômago para acompanhar tanta sofrência escanchada numa criatura inocente. Pego atordoamento. Do mesmo modo que detesto meter as mãos em sangue, desde que ajudei Teodoro a estancar a sangria do talho no peito do próprio pé, aberto pelo fio do machado. Naquele momento, me deu até uma friagem. Ele tirava madeira na mata do Balbino. A lâmina chocou-se contra um nó de braúna e morgou de banda, sopapando-se das mãos que seguravam o cabo, como alguma coisa rebelada que tivesse vida própria. Não chegou a escapulir, mas desceu como uma doida, desgovernada, e beliscou bem no peito do pé.

— Ande cá, Valdomiro — ele chamou —, me traga a cabaça d'água.

Retirou a rolha com o dente. Raspou os trilhos de sangue com a lateral da destra. Sacudiu a mão ensanguentada que, inclusive, me salpicou a camisa. Inclinou a cabaça destampada. A água gorgolejou sobre o talho do pé direito que ficou lavado por um momentinho, mas logo o sangue tornou a marejar à vontade. Ele então arrancou um pedaço da fralda da camisa e fez uma atadura. Eu olhava para o pano que ia se avermelhando e, pouco a pouco, fui ficando mareado. A vista turva e a boca cheia d'água. Dei vexame. Ele me sacudiu pelos braços. Voltei às boas de pescoço mole. E encabulado. Ao chegar em casa, a Madrinha, compadecida, não de mim, mas dele, ficou ali alisando aquele pé desmarcado. Um pouco mais e já estava a banhá-lo com uma infusão de folhas de beladona.

Enjoei de olhar aquele imenso pé onde o primeiro sangue chegara a coagular uns fiapinhos. Uma verdadeira porcaria. O corpo inteiro arrepiava. Não me passava a vontade de cuspir. Diz ele que, ao molhar as mãos no sangue ali na mata, fiquei aos engulhos, cheguei a me dobrar numa vertigem. Não consigo me lembrar disso direito. Tenho verdadeiro apego à Madrinha, que tem sido minha valência em todas as horas. Talvez por isso mesmo, por gratidão, detesto ouvir os seus gemidos. Me dá uma gastura nos nervos. Não consigo me dominar.

As circunstâncias me exigem uma presença mais determinada e mais ativa. Está certo. Mas sei que só vou aqui porque não tive coragem para desapontar Teodoro. E me dói de verdade a sua fraqueza. E a minha também. Deplorável. Não fui eu quem escolheu. Se postas as palavras sem eufemismo: sigo forçado e estou ficando meio bambo. Não tenho disposição para tanto. Posso estar delirando, mas será que me importa apaziguar a consciência? Demorei além da conta ao ir buscar Sinha Amália? Tenho ou não tenho alguma culpa nessa história? Ainda bem que o pensamento se tolda de dúvidas, se descontrola, mistura tudo e deixo me arrebatar por uma ou outra fantasia que arrumo e me distrai a cabeça avoada.

O vento bate, vigoroso. Fustiga a esteira da cobertura de taboa. Tanto Zé Carreiro quanto o velho estão com a mão direita sobre os respectivos chapéus. Zumbe os fios do telégrafo onde acaba de pousar uma fileira de andorinhas. Paralelos à estrada, estão esticados pela carreira de postes espaçados, enegrecidos ao relento. Das cantadeiras do carro, sobe um chiado irritante… repartido… doloroso. Carro mal carregado, com peso sofrível, é assim mesmo. Não pega canto que preste — imagine com o eixo assim frio! Talvez até mesmo encharcado pela chuva.

Chego o cavalo pra perto. Olho os panos revoltos em torno da Madrinha. Anda tudo misturado. Sinha Amália cabeceia de cansaço ou sono atrasado. E nesse movimento as suas papadas balançam e se avolumam. A mancha do lençol também se espalhou. Me desce da cabeça uma gastura, a nuca e os braços mais uma vez se arrepiam. Pendo a vista que não consigo pousar sobre a Madrinha e vou escorregando-a por detalhes da paisagem que nos cerca, pondo tento nas árvores espaçadas, nos arbustos, nas indicações do tempo. Qualquer coisa que me leve o pensamento para longe — serve. Quebro um talo de alecrim com as mãos, despetalo as folhas e mal começo a sentir o sabor adstringente estou a cuspi-las. A cabeça esquenta. Mal-estar. Me ponho a fazer contas e conjecturas — tudo isso para ver se retorno a meu equilíbrio natural.

Deste ponto até Rio-das-Paridas ainda é um bom estirão, remando linheiro na estrada-mestra, escalavrada pelos rodeiros de outras gerações abrutalhadas, mas ainda trafegável. A rigor, não sei situá-la no tempo. Mas é a estrada dos antigos. Esse corte fundo e escarpado guarda a memória dos vaqueiros que passaram tangendo gado; dos tropeiros que conduziam e mercadejavam todo mantimento que supria as necessidades mais elementares das fazendas e povoados; dos escravos que, fugando por aqui, se refugiavam nas Forras, lugarejo que se situa a oeste, naturalmente muito modificado.

Baixa pra uma légua, se nos dispusermos a pegar o atalho pela matinha do Balbino. Devido ao tempo molhado, não é conveniente nem recomendável pelo perigo do atoleiro no limite entre a mata fechada e a pastagem aberta. Mas Zé Carreiro é quem decide. Não esquecer que a mata também abriga toda uma vencidade de insetos. Quem viaja por lá está sujeito a essas outras pragas de bichinhos do relento. Há passagens que se estreitam em simples trilhas bastante inclinadas; vezes que é preciso alguém se atrepar na cheda do lado mais alto ou sustentar o rodeiro: é o contrapeso indispensável para o carro não tombar.

Em dias de feira como hoje, com o acréscimo do movimento, as estradas ficam escorregadias como quiabo. E carro-de-boi em barro molhado, já se sabe, é uma temeridade. É medir forças com o perigo: desequilibra-se, bambeia, os rodeiros derrapam, remam para o lado mais baixo onde o barro se desmancha, vão lá e vêm cá, podem levar de arrasto os bois do coice. Imagino cenas terríveis, cruzo os dedos, balanço a cabeça para espantá-las: não quero isso para a Madrinha.

A não ser por esta última ladeira mais a pique, Zé Carreiro pouco tem falado aos bois. A vara é que não descansa: vai roçando ancas, se esfrega em lombos e mamilos e investe nas cabriolas ferroando os ares. Se fosse flexível e maleável como uma fita, podia virar uma brincadeira de meninas. Como se vê, é um belo chifre de bode, moqueado nas brasas de jurema que deixam as suas digitais depois de descascado. Noto também que o encastoo com madeixa de taboca de foguete é feito com mão segura e untado a cera de abelha: principia no meio da vara e vai subindo... subindo... até alcançar o pé do ferrão. Hoje em dia não há mais disso. São zelos de quem labutava com aferro...

Vezes que ele me parece silenciosamente irritado. Mas a cara feia não afeta os conhecidos. Especulo por que nunca desobriga a natureza. Amiúde, torce a cara, enfezado; cospe para os lados, como se a boca amargasse ou como se mascasse fumo. Fome não é, que ele tem costume de atravessar o dia sem almoço. Habituou-se a comer a sua mão de farinha com um taco de jabá fora de horas, visto que carreiro só regula o tempo certo para o descanso dos bois. Momento que aproveita para fazer um canzil, tecer uma brocha, apertar um tamboeiro ou reparar qualquer outra tralha fora do lugar.

Mesmo porque, na maior parte dos dias, de carro fretado, ele ganha por carreto, baldeando a safra das roças: é algodão ensacado para a pesagem no descaroçador; é mandioca para a casa de farinha; é o milho, o feijão e a fava cujas sacas de sessenta quilos são beatadas na roça mesmo pra baratear o frete, e para suprir a feira de Rio-das-Paridas; é a lenha que abastece o forno da padaria de Zé Freire. Como se vê, tudo mercadoria que carece de urgência, mantimentos que não podem esperar...

O meio-dia ainda não chegou. Aí, sim, ele talvez procure uma bebida qualquer para dar água aos bois. Digo *talvez* porque, com toda esta chuvarada que caiu de manhãzinha, não sei se terão sede. Mas que ele vai parar, isso vai, que é pra eles aliviarem os pescoços das cangas pesadas e a toalha dos brochas, merendarem qualquer babugem. Precisam de uma horinha de fresca e refrigério... É de lei. Faz parte do código desses lados, adotado religiosamente.

Ele pode estar irritado, sim, agora me lembro: tem ojeriza a carrear na chuva; há pouco praguejou contra a buraqueira e a lama deste caminho que o ferro dos rodeiros vai talhando. Está escaldado de derrapadas e atoleiros que muitas vezes dificultam ou impedem os seus carretos: os rodeiros adernam... o carro tomba... voam lascas das cangas enervadas a couro cru... o relho das brochas e dos tamboeiros papocam, canzis e fueiros se quebram ou facheiam...

E não é apenas isso. Se o prejuízo esbarra por aí, ainda bem. Será mesmo razoável. Com algum esforço extra, ele mesmo poderá remediá-lo. Coisa feia mesmo é quando o eixo se parte, o rodeiro se desmantela ou facheia o cabeçalho! São dias e dias parados, metido na *tenda* de Teodoro, enchendo-lhe o saco, suplicando que seja diligente e se apresse, pois a precisão o obriga a ganhar um dinheirinho. Enquanto isso, os bois continuam a comer... e como não possui pasto para alimentá-los a capim ou a leguminosas, como vai se arranjar? Como remir o próprio passadio?

Mas... melhor do que eu, ele deve se lembrar de que a aventura de andar com o carro na chuva, apesar dos inconvenientes já listados, se converte também em benefício: a água hidrata e faz inchar a madeira ressecada dos rodeiros argolados por uma barra de ferro; impede que esta fique folgada e se desprenda. Com isso, ganha-

-se tempo. Não se carece sair em busca de um tanque ou riacho pra mergulhar os rodeiros.

Agora me acode que a sua irritação pode demandar de outro motivo: por exigência do velho Saturnino, os bois pernoitaram no curral e devem estar mortos de fome. A bem dizer, viajam em jejum. Vejo como os vazios estão murchos. E boi assim não aguenta repuxo. Daqui a pouco começam a refugar. Por isso, mesmo debaixo da canga, vez em quando torcem o pescoço pra abocanhar as touceirinhas de capim que margeiam o caminho ou invadem o leito das valetas naturais. Enquanto andam… as línguas ásperas barulham raspando a marmelada bem rente ao chão, com uma voracidade empestada.

Enfim, pode estar insatisfeito com qualquer pormenor eventual que não frise bem com a expectativa da viagem. Todas essas especulações me acudiam porque já eram comentadas no povoado. Mas foi anos mais tarde que me inteirei de muita coisa perversa. De passagens que talvez ajudem a entender a permanência de sua postura ofendida. Isso agora não vem ao caso.

De qualquer forma, viajar com ele é uma garantia toda especial. Daquela segurança que só contamina as pessoas porque provém de quem entende todos os macetes do ofício. Sabe se concentrar no mando com os bois, como se os tangesse entregando-se de corpo inteiro numa forma de apelo. A vara comprida mal resvala sobre o couro deles, levando recados que são logo assimilados. Com os pés achatados e descalços, a calça de barras viradas, o chapéu mastigado pelo tempo, agora com as beiradas desabadas, ele sabe ser convincente e atendido.

Mesmo nos momentos mais tensos, que exigem aguda perícia, o comprido da vara é manejado com desenvoltura e familiaridade. As batidas do pé direito dão o tom, marcam a cadência da caminhada. Formam um código cifrado, uma linguagem, um diálogo entendido somente por ele e pelos bois. Me espanto com a comunicação telepática, como se o prolongamento do comando ressoasse dentro deles suscitando uma resposta positiva. Só me lembra Teodoro a converter um tronco bruto numa mobília de sala, visto que qualquer madeira se entrega toda derretida em suas mãos.

Talvez ele, Zé Carreiro, esteja somente preocupado. Levando em conta a gravidade do caso, deve saber que precisa ganhar tempo a favor da Madrinha. Mas é obrigado a prosseguir nesse compasso arrastado e inexorável que toda viagem a carros-de-boi é incompatível com qualquer forma de pressa. Talvez seja o seu jeito rude e esquivo de lidar com os passageiros entre a vida e a morte.

11

A cobertura do carro e os nossos chapéus já não biqueiram tanto. Nuvens pesadas se espalham e correm esfiapando-se sob o azul que volta a se firmar. O tempo vai se acalmando. O horizonte aclarou. Acabamos de transpor o barro enlameado da curva do meio, onde, pra mais uma provação da Madrinha, os rodeiros bambearam em ziguezagueantes derrapadas, a terra se esboroando e caindo na beira do precipício. De cambulhada, empurraram de roldão os bois do coice que, de patas retesadas, saíram rasgando talhadas de barro com as unhas. Momento temerário. O carro desgovernado andou lá e veio cá, quase adernando rente ao despenhadeiro. Vi a viola no caco.

— Que diabo é isso, Zé Carreiro! É o fim do mundo? Filho da mãe!

O velho Saturnino desabafa, exaltado. Chega mesmo a saltar da burra para o chão, atola as botas no barro e repõe a fala enfurecida:

— Serviço mandado do diabo!

Por esta vez estamos salvos. Mas ainda montamos um pendente sujeito à nova derrapagem. O velho agacha-se, mete as mãos nos olhos do rodeiro derreado, escora-o com o ombro, como se fosse um Sansão disposto a soerguê-lo. Chego pra perto. Revejo os olhinhos apertados sobre os vidros redondos dos óculos imundos.

O desenho das pernas cambaias coladas ao pano das calças enlameadas. As botinas encharcadas vomitam lodo e escorregam no declive. O carro anda um bocado e enfim se reapruma. Ele escancha as duas mãos sujas nas cadeiras. Descansa, aliviado. Torce as abas da camisa, sacode a lama balançando as duas mãos.

Ao restituir-lhe o cabresto de Medalha, que fora arrastado na lama, ele me encara e arrebata-o com um arranco insolente. Prepara-se para montar. Chega a enrolar a mão na crina rala do animal. Empurra o pé no estribo. Mas, ainda fatigado do esforço, a respiração curta embarga-lhe o impulso de se alçar. O coxim da sela campeira o aguarda. Insiste em nova tentativa, mas em vão. Antes, precisa se dar um tempo para recuperar as forças exauridas. Então, recosta-se na capa da sela. Por um momento, escora o velho corpo cansado, como se lhe faltasse força suficiente para prosseguir adiante. É o peso da idade.

Abre a camisa. Espalma a mão direita sobre o peito esquerdo, com manchas cabeludas como chumaços de algodão. Arqueja, agora apoiando um ombro entre o pescoço e uma pá do animal. Crava o olhar em Zé Carreiro como se ameaçasse mastigá-lo; muda a vista para a filha, demora-se a fitá-la com o semblante mais descarregado que logo ganha um toque de nostálgica doçura. Está desalentado. Por enquanto, arfante, não consegue articular uma única palavra.

Encara-me balançando o rosto com os olhinhos ausentes, como quem esteve muito longe e acaba de sair de um surto hipnótico. Em tom de ordem e, ao mesmo tempo, com o braço espichado, aponta a taca para a primeira cancela da estrada. Isso é comigo. Encarrega-me de abri-la. (Como recurso pra contenção de despesas, Zé Carreiro viaja escoteiro. Não anda com um menino *chamador de bois* para abrir cancelas, guiar ou rebater a dianteira.)

Então, avivo o cavalo, e, quando vou cruzando à frente do carro para pôr a mão na tábua mais alta da cancela, ouço o velho, ainda com os pés no chão e combalido, imprecar contra o tolete de lama atirado pelos cascos de Castainho que, no esforço da arrancada, alvejou-lhe o meio da testa. Não nos cabe culpa. O arremesso do tolete de barro foi involuntário. Mas o momento é patético. Olho para ele mal contendo o riso, com a mesma cara desajeitada que faz gestos de desculpas. Expectativa. Sinto o sangue avermelhando-me o rosto. Ele não responde, não afrouxa o semblante agastado. Duvido muito que me releve a ofensa. Por enquanto, está trancado no silêncio. Quase torturado, aguardo a descompostura...

De limitações congênitas, procede de um tronco materno povoado de asmáticos. Atarracado, ombros redondos, pescoço curto, monta bem, escanchado com as pernas sólidas e arqueadas que dão equilíbrio aos baixinhos; embora, a essa altura dos anos, o reumatismo lhe endureça as mãos que ele costuma enrolar com as rédeas de tiras de sola. Contrariando recomendações de médico de Lagarto, habituou-se a se irritar com qualquer bobagem. Com os nervos à flor da pele, seu regime natural é andar zangado. E as crises no inverno como este o acometem periodicamente, como se fossem agendadas.

Ali com a marca do tolete no redemunho da testa, contrafeito e ofegante, respira com certa dificuldade.

Resfolega com a boca aberta por onde se arrasta um chiado. Tenho medo que seja tomado por uma crise de puxá. Agora, parece que vai dizer qualquer coisa. Corre a mão no meio das costas pra endireitar a coluna ao mesmo tempo que empina o tronco, como se estivesse engasgado. Luta e reluta para respirar. No correr de sílabas e sílabas escandidas, mete pausas ferozes, que percebo nas mãos que se agitam acima do chapéu. Certamente estão saltadas as veias no pescoço e os olhos, esbugalhados de ameaços. Deslocado lá na frente, não consigo conferir o que imagino.

Afasto a cancela do batedor, contenho Castainho e franqueio a passagem para o carro. Nisso, os bois que, como sabemos, não transcorreram a última noite a contento, e até já se mostram de barrigas murchas e vazios fundos, estresilhados, se retardam em passar. Aproveitam a paradinha para raspar o focinho no chão mais à vontade. Aspiram fortemente o cheiro do capim. Línguas escuras e ásperas se esticam e se curvam para abocanhar a marmelada que, neste mês de chuva, aflora aos tufos e viceja na beirada do caminho.

— Bote este carro pra frente, Zé Carreiro. Não se condói da situação da menina? Filho da mãe.

Recuperou-se já com a boca cheia de pragas engasgadas. Solta nomes cabeludos, condena o tempo perdido, a demora desgraçada. Os bois prosseguem forrando a barriga, com aquela avidez carregada por horas e horas de jejum. Zé Carreiro desfruta da ocasião voltando-lhe as costas. Vê-se que se compraz com o repasto dos bois, como se suas papilas gustativas também se aguçassem banhadas pelo sabor da marmelada. Não demonstra que leva em conta a Madrinha. À primeira vista, configura-

-se um gesto de desacato imperdoável, que chega a ser impiedoso. Em contrapartida, no seu crivo pessoal, essa complacência destinada aos bois talvez seja somente um ato de justiça. Uma compensação para o sofrimento dos bichinhos...

Afinal, vêm de uma noite inteira socados no curral: tem o sobrepeso da lama adicionada ao carro; tem o incômodo da chuvarada e do mau tempo em geral. Não os fatigará além da conveniência, isso é indiscutível. Não mais do que o estritamente necessário. Enquanto talvez lhe ocorram essas e outras ponderações, corre as duas mãos pela anca suada de Cacheado, acama-lhe o castanho-lacre do pelo brilhante e sedoso; os dedos deslizam pela capa das costelas e param adiante, coçando-lhe a toalha do pescoço. Alheio à premência da situação, sem olhar pela passageira que vai esmorecendo, e cujos gemidos não chegam a comovê-lo, prossegue concedendo-lhes mais uns minutos de descanso. E só então, encarando a impaciência do velho, enfim se justifica:

— Os bichinhos não são de ferro...

Descontraídos, como se o escutassem, os bois se entendem com a horinha de folga. Afrouxam a rigidez dos músculos, espreguiçam-se esticando as pernas, urinam e babujam, mas não ao mesmo tempo, todos os seis de rabos erguidos, breados de bosta mole. Batem e rebatem as patas no chão para se livrarem das lascas de argila que, como cunhas entre as unhas, devem incomodar como o diabo.

A essa altura, o velho Saturnino já passou a perna na mula. Franze um olho debaixo dos óculos imundos e entorta a cabeça para cima procurando o sol. É a sua maneira de exigir pressa. Inconformado com a nossa indiferença, ele vai inchando… vai inchando… Olha a filha ali agoniada e retorce o tronco revirando-se na sela. Baralha as mãos sobre a copa do chapéu como se fosse um espantalho. Por cima de paus e pedra, seu negócio é reatar logo a viagem. Grita e exalta-se em arrancos autoritários. Respira, tomando alento. Afinal, naquela altura da macerada viuvez, só lhe restava aquela filha. Mostrava-se cansado da ameaça que se abatia sobre ela. Talvez também lamentasse o neto que não nascia. Quando a expectativa é assim muito sombria, a dúvida passa a pesar mais, transfigura-se em tortura, descamba para a torpeza.

— Maçada do diabo! Isso é ou não é um crime? Filho da mãe!

Ouço e aprovo essas palavras postado mais à frente, onde ainda permaneço segurando a cancela. Já com certo desconforto, visto que o sol bate de testa contra os olhos, e mal contenho Castainho, que se mexe impaciente, malha a terra com os cascos dianteiros.

A atitude de Zé Carreiro era indesculpável. Mesmo assim, naquelas condições delicadas de minha adolescência, achei até bom que ele desviasse a atenção do velho para outro ponto. Assim, enquanto focado na defesa da filha, ele postergava a reprimenda que, com toda certeza, estava guardada para me destinar no momento adequado. Mas nada me impedia de achar que, naquele destampado do mundo, a pachorra do carreiro ganhava um tom de agressão.

Debruçado na tábua mais alta da cancela, no tantinho que Castainho me permite, vejo que o Carreiro prende a vara horizontal entre o queixo e o ombro para ter as mãos desocupadas. Prepara-se para fumar. Retira a palha e o fumo previamente cortados do corrimboque pendurado de uma trava dos fueiros. Esfarela o fumo entre a polpa das duas mãos e principia a desfiá-lo em montinhos mexendo a ponta dos dedos. Deposita os fiapos ao comprido da palha abaulada e sobe com ela para fechá-la esfregando a língua nas beiradas. É muita fleuma… é pura provocação. Eu via a hora de o velho atirar-se sobre ele. Por fim, puxa da binga e atrita a pedra no fuzil. Somente na quarta tentativa, devido à umidade do dia friorento, a faísca vira chama no ca-pucho de algodão protegido com as mãos. Ele força as bochechas e bafora… bafora… até o fumo pegar fogo. Assopra sobre a brasa na pontinha do cigarro agora entre os dedos e, vagarosamente… contempla a fumaça a ir se dissipando… Impiedade. Ou será que não se manca de que está prejudicando a Madrinha? Ou carece do cigarro pra cabeça entrar nos eixos?

Com a mula quase colada ao carro, o velho Satur-nino está para não viver. O braço direito recai sobre a trava dos fueiros. A mão desliza para o cabelo da filha. E, como uma parte separada do corpo, começa a acariciá-los com uma delicadeza sussurrante. Visto que ele mesmo, outra vez inteiriçado de fúria, só não sapateia a sua indignação porque está escanchado em Medalha. A seguir, de saco cheio, arranca da cabeça, puxando pela beirada, o chapéu de baeta desbotado. E começa a batê-lo contra a coxa. É como se surrasse Zé Carreiro.

— Filho da mãe! Filho da mãe!

Com a outra mão de dedos espetados, abre cami-nhos pelos cabelos como se aplacasse uma coceira. As mechas brancas e esfiapadas se soltam e caem de lado como um embrulho que se desmancha. Não indiciam uma forma de penteado. Repõe o chapéu e soca os cabelos que sobram pelas laterais. Não sei como acomoda na copa uma maçaroca tão desarrumada. De repente, bate os calcanhares e risca a mula nas barbas de Zé Carreiro. Está tinindo de ódio. Combina o destempero com o olhar audacioso. Só falta mesmo se atracar com o insolente. A fala sibila numa arrancada:

— Essa maçada é uma afronta. A menina aqui se acabando... e você aí com lero-lero... só fazendo hora! Isso não é ação de um sujeito responsável. — Avermelha-se e solta um guincho, estreitado pela falta de ar. — Des... táaa! Você vai pagar caro. Filho da mãe!

De cochilo em cochilo, Sinha Amália abre a pestana como se chegasse de um mundo cheio de ecos e dispara:

— Minha gente, deixem isso pra lá. Já perdemos um lote de tempo. E quem é o responsável?

Ninguém lhe responde. À difusa ameaça do velho, Zé Carreiro reage com calculada indolência. Simula que não se liga ao que ouve, como se as palavras lhe resvalassem na cabeça dura, guarnecida pelo chapéu desbeirado. Posteriormente, esmiucei a sua vida pregressa e não constatei nada que abonasse essa conduta tacanha. Fora, sim, um maluco de sangue quente que reagia na hora. Mas isso é outra coisa. Pressinto-lhe mesmo um ar de riso repassado de sujeira e cinismo na sua fala engasgada. Como o mundo torce o sentimento das pessoas! Ou será apenas uma projeção de meu estado emocional, punindo pela Madrinha?

Enfim, pula para o posto de comando. Com o aperto, a chamada nos arreios que acaba de receber de Saturnino, deve ter lhe calado fundo a chicotada das palavras, ponderado a má conduta, se persuadindo, afinal, de que está redondamente errado. Ou acordara por vontade própria, condoído da Madrinha? Ou se prolongara ali apenas porque, no seu código pessoal, percebera que ela merecia um descanso… uma espécie de refrigério para a mente e o corpo?

O carro se arrasta lentamente e, enfim, atravessa a cancela que ainda mantenho aberta, com um princípio de cãibra que me enrijece o pulso esquerdo. Só mesmo paciência! Machucação empestada! A Madrinha sabia de antemão que os dois não se toleram. Reabre os olhos amolecidos como se dissesse: Eu aqui me finando destroçada e vocês aí se bicando como dois galos de briga. Não podiam resolver isso depois?

Entre a pachorra do Carreiro e a intolerância do velho, ela é a grande perdedora. Parece entregue e desenganada, como se lhe faltasse ânimo para empregar sua veemência contra uma rixa tola, como se já não pertencesse mais a esta vida.

12

Bato a cancela. Apeio do cavalo e, com os pés na lama, vou me achegando à retaguarda do carro. Mal recostada no travesseiro, a Madrinha parece desfalecida, de pálpebras arriadas. Vejo manchas escarlates no lençol.

— Você ainda está aí, meu filho? Ande até aqui…

Corre os dedos periciando o meu rosto, do jeito que tateiam as mãos dos cegos. E de repente, como se esgarçasse as sombras que a envolvem, mas sem espantar o clima funéreo que torna a viagem mais mortificante, ela traça com a mão trêmula o sinal da cruz e me enxerga com estas palavras tocantes:

— Quem é você… Ah… estou lhe botando a bênção, meu filho… Cadê Teodoro? Cuide bem dele. Ajude a criar seus irmãozinhos.

O tom morrente com que me aborda, casado às circunstâncias deploráveis, me faz sentir uma lástima. Encostadinho a seu desvalimento, à mulher generosa que me tomara pela mão como um filho verdadeiro. Estou paralisado. Me aflijo com a palidez que empana a vida de seu rosto. Pendo a vista pra subtrair-lhe alguma estria de ingratidão que possa vadiar nestes meus olhos e repuxo o canto do colchão pra despistar, pra esconder o vexame que mal consigo dissimular.

Me espantam as manchas encarnadas que vão secando no colchão. Não lembro bem o que respondi:

atropelei sílabas e sílabas, atacado por um princípio de paralisia nas cordas vocais; mas, do que escuto, me dilacera a certeza de que lhe vai escapando o controle do próprio tempo, como se estivesse com a cabeça entorpecida ou começasse a tresvariar. Será consequência de um cochilo momentâneo, da mistura entre dores e fadiga, ou começa mesmo a ficar atrapalhada? Por que embaralha assim as contingências que a cercam?

Essa dúvida ali na hora me provoca desencanto e arrepio. Sinto-me abraçado por uma sensação de abandono. A Madrinha se indo, não restará ninguém que ponha tanta fé em meu futuro. Sem a mãe que se desfizera de mim, sem o pai que me botara no mundo e que, segundo consta, fora vitimado por um coice de burro — o que me restará? Tio Teodoro não é a mesma coisa. Nem consigo imaginar os dias de sua vida longe da companhia dela. Como reagirá? E os meus irmãos, todos bem mais novos do que eu, como é que vão ficar? A casa do tio é boa e espaçosa. Ali não me falta nada. Mas… desfalcada da Madrinha, não vai mais balançar de alegria nem caber as minhas bobagens. Não sei se, naquela hora, dei conta do embargo egoísta que agora, tantos anos depois, ainda me arranha a garganta.

Primeira vez que se dirigira a mim naquele ermo. Emana das palavras balbuciadas uma correnteza sinistra que me desequilibra e desorienta. O mundo se turva, a paisagem se retorce e se estilhaça como se me apanhasse um colapso visual. Alguma coisa de ruim volta a me revolver as entranhas, como acontece quando me deparo com um esguicho de sangue: a vista escurece, os nervos entram em pânico, as pernas ficam bambas.

O choque é tão impactante que, nos minutos subsequentes, não solto um único pio. Apregado ao chão, não consigo me bulir: os nervos das pernas se enrijeceram. Revejo o socorro de seus braços estendidos para a minha infância dilacerada, ao me acolher em sua vida e em sua casa. E desabo a chorar envergonhado, com a cara mais feia deste mundo. Entre zumbidos confusos, minhas ouças confirmam que o velho ficou insatisfeito com meu destempero afrontoso.

— Papelão! Esse molequinho aqui agravando o estado da menina... Era só o que faltava...

Cheguei a ouvir, sim, mas atordoado e meio abstraído. Como se as palavras resvalassem em minha consciência. Não coube ocasião de me zangar. Meu interesse voltava-se para a Madrinha. Vontade de arrancar com as mãos a criaturinha gosmenta que lhe provoca tantas dores. Esvaziá-la do maldito carnegão que há meses e meses ela vem nutrindo com o próprio sangue, dia e noite lhe preparando o enxoval — e que está estacionado na barriga pra matá-la. Me acodem vísceras revolvidas... coágulos sanguinolentos... viscosidade... líquidos lambuzados... sujeira... Sou tomado de engulhos. Sinto uma onda de suor frio e vou ficando mareado. Não consigo segurar os dentes que se atritam.

Eu não estava acostumado a jejuar. Até aquele momento, comera apenas uma filipa de banana-maçã. Mal-estar... tontura... confusão... Um arrepio nauseabundo transborda das minhas vísceras revolvidas e lanço para fora a pasta das bananas. Recordo somente que uma névoa espessa recobriu o carro com os bois e foi se alastrando até apagar completamente a paisagem, sem restar nada na minha cabeça zonza.

* * *

Daí pra frente, aquilo que aponto é graças à Sinha Amália. Contou-me que tresvariei sem dizer coisa com coisa. Que fui me modificando com a boca mole e os olhos envidrados. A consciência se obnubilou.

Cheguei a ficar desacordado, sim. Momentos depois desse surto que chamo de vertigem, fui sentindo um lado do corpo me pinicando sobre o chão empiçarrado. Me doía a capa das costelas. À medida que vou me reequilibrando, cuspo sobejos da boca fermentada, belisco os braços meio entorpecidos. Levanto-me ainda tateante. Esfrego as mãos na fralda da camisa que também está suja de lama. Imagens destorcidas se estendem e recuam. No mínimo, tive um lapso de desatenção involuntária. Não sei o que se passou logo a seguir, como se sofresse instantes de amnésia. Do interior das sombras confusas, voltei à tona com o velho me dando tapinhas nas bochechas. Tapas que ardiam… ardiam… Seria vingança pelo tolete de lama que voara do casco de Castainho?

No horizonte esfumaçado, a estrada tornou a ir se delineando. Dei as primeiras passadas cambecando… cambecando… estendi as mãos pra frente, me escorei em Castainho. Pouco a pouco, se dissolvia o borrão que misturara e encobrira momentaneamente cavalo… árvores… estrada… formigueiro… e outras formas que constituíam o meu campo visual. É natural que as reações não tenham ocorrido exatamente nessa ordem. Ao passá-las a limpo com tantas décadas de permeio, me toma a sensação de que estou defraudando-as. Não me acodem palavras que se adéquem direito à sensação que me tomou. De qualquer forma, ali foram testados os meus limites.

Me senti mais sozinho. Apertava o dente com medo de que as lágrimas aflorassem. Passei a ser devorado por um sentimento de autopiedade. Uma vergonha total. Deixei-me abater por um momento circunstancial. Tanto que eu procurara endurecer a sensibilidade, me depurando e, de uma hora para outra, tudo se convertera numa piada. Fora mesmo uma vertigem? Sofrera um mal súbito, um surto qualquer, um distúrbio? Sei que riram de mim. Que essa crise mental, ou não sei lá o quê, foi entendida como nervosismo de um bosta fraco do juízo. Ao reencontrar o equilíbrio e o sentido da normalidade — o carro ainda parado me aguardava. Não faço estimativa do quanto fiquei à deriva...

Consta que o velho, temendo prejudicar a filha, mandara tocar os bois. Mas a Madrinha impôs sua autoridade e todos tiveram que me esperar. Coitada dela! Naquelas condições que dispensam comentários... e ainda intercedera a favor de quem jamais lhe dera qualquer migalha. Mais: de quem ali mesmo fraquejara, não servia sequer para acompanhá-la! E, de certo modo, se recusava a seguir de perto as suas dores.

Sinha Amália é quem me inteirou desse espetáculo que protagonizei. Fiquei morto de remorso e de vergonha. Estava ali para ajudar e tudo se reverteu: terminei sendo, mais uma vez, um estorvo à Madrinha. Até hoje, um sentimento estranho me consome. Soube também que, cutucado pelo velho para que prosseguisse a viagem me deixando pra trás, Zé Carreiro dera de ombros:

— Não, não. Quem resolve é a passageira...

Em sequência, Sinha Amália instou para que eu comesse um pacote de bolachas que certamente ajudou a me restabelecer. Até hoje tenho dificuldade de falar daquela minha fraqueza. Da criatura que, quase às portas da morte, descuidou-se de si mesma para punir por um mero enteado. A partir de então, quando, numa situação concreta, me sinto absolutamente imprestável, me deixo conduzir pelos devaneios que de um modo ou de outro me socorrem. É topar com um empecilho ou desafio que ultrapassem as minhas forças, a fantasia me levanta em seus braços, e a memória chega com a Madrinha...

Essas lembranças afloram de uma região interior insondável, ou melhor, pouco confiável, cujo acesso pouca coisa a mais me esclarece. Esse estatuto incerto sempre me provocou uma sensação desagradável, próxima à tortura. É como se as decepções que logo se encadearam pela memória da viagem dolorosa me produzissem uma sensação avassaladora. Fatias de esquecimento espalharam-se produzindo hiatos pelo meio, como se me arrancassem pedaços. Recobriram anos. Como se me acometesse uma nova paralisia. Piscam imagens tremulantes, borrando a memória. Sinto que há pontos cegos e inalcançáveis. Quisera preencher alguns buracos vazios, pintar as cores de minha fraqueza com mais adequada precisão.

13

Embora gostasse de andar atrepado num cavalo habilidoso, o ensejo dessa viagem não me animara. Desde o primeiro momento. Como frisei, zangara-me comigo mesmo porque não soubera resistir ao apelo de Teodoro. E a partir dessa hora má, então, sigo literalmente arrastado, a contragosto, roído por um sentimento de fraqueza e com algum outro apelo recente e vergonhoso de permeio. Até então eu não cumprira o que havia juramentado a meu tio. Não mexera uma palha pela Madrinha. Recrudescia a certeza de minha inutilidade. Conforme o velho conferia, com os olhinhos em cima da mica do relógio, já estávamos passando das onze horas. Será que haveria tempo de me recompor?

Sigo o restante da jornada — que ainda era longa — meio arrasado. A cabeça atordoada. Me espantava à toa, talvez projetando a desgraça de uma recaída. Temia mesmo entrar em pânico. Perdia os olhos na paisagem que então me parecia infindável. A estrada, que a situação encompridava como uma gigante língua desdobrada que não acabava mais, espalhava no ar o seu bafio de morte. Queríamos um rojão mais avantajado. Mas os bois não ajudavam. Nem a Madrinha, cada vez mais combalida, aguentaria mais tombos e sacolejos, numa batida mais apertada.

Absorto em mim mesmo, me ecoava nos ouvidos

uma espécie de gemidos débeis e quebrados que não acabavam mais. Caminhamos cerca de um quilômetro à sombra de uma fileira de mulungus, como se atravessássemos uma alameda. O vento fazia as folhas molhadas gotejarem sobre nós. No chão úmido, um tapete de folhas secas esmagadas, já irreconhecíveis. A erva-de-são-caetano se entrançava em alguns galhos tecendo uma cortina que descia até o chão. Desolados, olhávamos uns para os outros. Horas que não dávamos um pio. Ao lado dos gemidinhos pontuais da Madrinha, só se ouvia a vagarosa cadência do caminhar dos bois acompanhada pelo rangido dos arreios. Mais os rodeiros sulcando a areia argilosa, amolecida pelas águas.

Avivo Castainho e chego mais pra perto. Olho para a Madrinha: os cabelos pretos e luzidios, ordinariamente fofos, estão gomalinados por efeito do suor prolongado e pegajoso. Arqueiam-se, formando caracóis na base das orelhas e da nuca. Desvio a vista para furtar-me a esta avaria capilar que se concretizara de um dia para o outro.

Evito encará-la, como se respirasse pelos olhos que saltam e fogem em outra direção. O coração se desaperta um pouco pelo simples fato de que deixo as retinas se perderem no horizonte. Inquieto, volto à Sinha Amália para indagar, meio aborrecido, se não há uma touca pra cobrir-lhe a cabeça. Esse pequeno detalhe — eu me dizia — é o espelho de sua acabação. Feto atravessado! É uma fatalidade injusta, de que não tem como escapar. Qual é o pecado que a encaminha às trevas? Padecer como uma infame para trazer à luz mais um filho de Deus? Afinal, adianta-lhe viver num mundo tão desnaturado? Mas outra parte de minha alma miserável me abre os olhos e a consciência, aponta o dedo para a minha ingratidão:

você é um monstro desumano, é um matricida. Por que não acudiu mais depressa, com Sinha Amália na garupa do cavalo? É o verdugo que irá matá-la. Com esses pensamentos sombrios, vou prosseguindo a cada vez mais encasquetado.

Jungido a esse dilema, me demorei um bom pedaço. A cabeça pesada ia e vinha, insatisfeita. Ainda conturbado com a bênção que ela me botara e com a minha reação inopinada, vejo esse lanço do caminho como uma estirada tão enfadonha que me sobe a vontade de saltar do cavalo para o chão e ganhar a frente, desbandeirado. Ímpeto de empurrá-la pra diante, para que tudo seja logo resolvido.

A estrada vazia e enlameada rasteja interminavelmente pelos trechos despovoados. Corta o pasto verde de lado a lado. Rebenta do vazio uma desolação insidiosa e implacável. Embora seja dia de feira, não vejo nada no entorno que indique movimento. Só pode ser devido à chuvarada. Marchamos obstinadamente compelidos por um apelo do destino. Penitência e fracasso.

Conheço esses ares pelas idas e vindas a Rio-das--Paridas. Se é verão: sol ardente, claridade agressiva, terra calcinada; palhas, pó, folhas secas e gravetos no turbilhão dos redemoinhos. Poeira irrespirável vadiando nas estradas. Calorão. Mormaço. Chuva? Nem para apagar a poeira. Capim esturricado, arbustos esqueléticos. Queimadas. Bafo escaldante subindo do chão. O tempo asfixiado. A ronda dos urubus. A carcaça das carniças. O mau cheiro incendiando o mundo...

O gado de pelo liso, a chuva constante, a lama, as poças estagnadas, a friagem nas manhãs, estes verdes que põem nuanças no capim ondulante, nas roças viçosas dos legumes carregados e sobretudo na capoeira enfeitada de flores de velame, jurubeba, alecrim — confirmam que estamos no inverno.

E, pra completar as decorrências de nossa estação chuvosa, naquele casebre de taipa que avisto lá em cima deve imperar a umidade, o mofo e o bolor, concernentes a todos os interiores dessas vulneráveis habitações rurais espalhadas por aí. Que importância têm agora? Numa emergência qualquer, nenhuma delas servirá para acolher a Madrinha.

Afora essas marcas que diferenciam as duas estações, prevalece o marasmo, a permanência no tempo atrofiado. Há um sopro de eternidade que se contrapõe à vulnerabilidade da Madrinha: estes velhos postes e o arame farpado enferrujado devem ter sido postos há décadas e décadas. As capineiras abertas e intermináveis se somam à vagareza e contribuem para a monotonia que me abate o ânimo, para uma desolação sem esperança, agravada por pormenores que sempre me escaparam e de que agora, nessas contingências em que preciso ocupar a cabeça, desejo me inteirar.

Mas… indagar de quem? Com o velho Saturnino eu não conto. Especialmente nessas condições de hoje. Com artes de malvado, costuma debochar de qualquer palavra encaminhada por um rapazinho inútil de meu tope. Vai revidar com juros a sapecada do tolete. A marca ainda forma um pequeno círculo no couro da testa. Certamente vai tripudiar:

— Um fedelho desta idade devia travar a língua, se recolher a seu lugar.

Sendo assim, é impossível mantermos uma conversa equilibrada. Nesse ponto, Zé Carreiro é ainda mais intransitivo. Além de se fazer de surdo, anda realmente com a cabeça nas nuvens, é bem capaz de pisar sobre as pessoas como se fossem invisíveis. E, a rigor, só abre a boca para os bois. Teodoro está na Borda da Mata, decerto com a consciência machucada, roendo a própria tibieza com aqueles olhos claros inescrutáveis decerto enxergando um abismo, e já não me pode aconselhar. Resta a Madrinha que jamais me falhou. Coitada dela! Se não estivesse nesse estado lamentável, já teria convertido esta viagem numa jornada instrutiva, contagiada pela alegria que, invariavelmente, ao mais singelo comentário, se espalha de suas palavras canoras.

A ela devo tudo. Ao correrem o seu rosto pela primeira vez, estes meus olhos castigados, que nunca caíram em engano, palpebraram com um júbilo indescritível. É como se encontrassem um conforto jamais imaginado. E olhem que, àquela altura, ainda não me tinha batizado. Refluíram e brilharam com uma confiança, a partir de então, nunca desmentida. Interrompeu o almoço em família, cruzou os talheres, afastou a cadeira e me veio de lá com o semblante aberto e os braços estendidos. Até as passadas eram risonhas.

Ao abraçar-me, impregnou-me com aquele afeto caloroso que até hoje persiste na memória, como uma chama que caminha inapagável. Senti que, depois de uma peregrinação de incertezas, finalmente encontrava o meu lugar. Aliás, diga-se de passagem, com os três irmãos que a seguir, em intervalos de dois anos, a minha Madrinha me daria, nunca me senti discriminado.

Tio Teodoro se pôs de parte. De braços encruzados, nos contemplava, menos curioso de minha presença do que embebido na efusão da mulher. Mesmo assim, com aquele cabelo de fogo, as pernas de compasso, ombros largos e quadris de menino, embora me parecesse uma estranha criatura de outro mundo, também me passou uma sensação de segurança. Aqueles sobrolhos maciços sobre os olhos penetrantes que desceram alinhados com os meus; aquelas mãos enormes que me estreitaram num abraço cheio de calos — só podiam ser de uma pessoa forte e sincera, de bem com a própria vida. Com a sucessão dos anos, viria a constatar que era probo e generoso. De retidão e simplicidade incontestáveis. Dispunha-se a dividir a mulher comigo e com os outros filhos que vieram depois de mim. Mas a dividi-la parcimoniosamente, ciente de que lhe cabia a melhor parte.

Pra completar o clima da nossa casa, esclareço que entre nós, os filhos, mesmo nos últimos anos, pouca oportunidade teríamos de rezingar, visto que o mais velho deles era cerca de nove anos mais novo do que eu. No que concerne a meus tios, nossos desentendimentos ocasionais não passavam de bobagens. Talvez naqueles dias eu não pensasse assim. Mas o tempo encarregou-se de acamar os pequenos arrepios que, aos olhos de hoje, até me adoçam a memória. Não recebi o privilégio que geralmente os pais costumam destinar aos primogênitos; mas, em compensação, nunca me senti abaixo dos outros filhos. Com o casal, aprendi a apurar certo senso de justiça que não descarta os apelos do coração. Afinal, de que é que somos feitos? De forma que nunca acalentei nem compartilho o mandamento maior dos adotivos ou enteados: o sentimento de rejeição, de que vivem de favor.

Nem por isso aceitei passivamente os conselhos de Teodoro. E mais de uma vez entramos em desacordo.

Mas, para fazer justiça e acrescentar mais um ponto ao perfil desse homem "sem bondades", com seu passado nebuloso, acrescento que sua generosidade de marido e pai de família se estendia igualmente ao âmbito da profissão.

Como um carpina autêntico, cônscio de que chegara ao topo do ofício, primava pela modéstia, não se preocupava em defender a posição ou regalia que conquistara no povoado. Na *tenda*, parecia ainda mais alto porque usava macacão. E quem conhecia ali na Borda da Mata alguma pessoa prestigiada que usava macacão? Ninguém. Pois que isso lhe sirva de metáfora. Pelo que vou comentar adiante, caberia mesmo chamá-lo de magnânimo, se este texto comportasse certa solenidade, onde tal palavra se encaixasse.

Em todo o povoado, se contavam nos dedos as edificações protegidas por algum muro. O quintal das casas era cercado de pau a pique. Da frente ao fundo, o terreno onde Teodoro estabelecera a *tenda* media exatamente trinta e oito metros de comprimento, incluindo a área do quintal por cuja cancela entravam os troncos lavrados ou em estado bruto com casca e tudo. Voltei lá pra conferir. Na lateral direita eram depositados os rebotalhos que depois seriam queimados: cascas e pontas de pau, pó de serra, cavacos, aparas de madeira, maravalha. Juntos e embaralhados, formavam uma montanha: o lixo da oficina. Àquela altura não eram objeto de demanda. Ao contrário. Na linguagem local eram classificados como refugo ou *material sem prestígio*.

A *tenda* propriamente dita, a parte que recebia um telhado, era recuada cerca de três metros aquém da cerca. Comportava dois cômodos, divididos por uma parede de tábuas. No maior, imperava a bancada de Teodoro com todas as ferramentas, incluindo a serra grande e mais os cavaletes e as banquetas, adequados especialmente para a sua altura. Aí mesmo, todos os artefatos, maiores e menores, eram fabricados. De tardinha, dava-se a apanha dos rebotalhos do dia.

Atulhado de tudo quanto comporta uma carpintaria rudimentar, o espaço não era um primor de organização. Nem podia. Quem já visitou oficina semelhante sabe o que digo. Mesmo porque, focado no trabalho a maior parte do dia, o Mestre não tinha condições de perder tempo com o entra e sai de tudo que se mexia em sua *tenda*. Alguns dos principiantes mais distraídos promoviam uma verdadeira bagunça, abandonavam ferramentas fora do lugar. Parece um descuido sem consequências — mas como atrasa o serviço. Era uma dor de cabeça!

Mercê da constituição física privilegiada, Teodoro era incansável e possuía algo a mais. Apesar de trazer as mãos sempre ocupadas, calculava o momento propício de estendê-las aos aprendizes mais necessitados. Como se estivesse a vigiá-los. Sua *tenda* sempre acolhera três ou quatro rapazes ao mesmo tempo. Com eles, entre os quais me incluo, Teodoro perdia um tempo enorme, esticava a paciência. Tempo que valia ouro. Perdia também fregueses por uma ou outra barbeiragem ocasionada pela inabilidade involuntária de um ou outro dos rapazes. Sem se falar nas ferramentas que terminavam avariadas por mãos ainda desajeitadas. Inutilizavam mesmo uma ou outra peça de madeira valiosa.

Ele acolhia esses pequenos prejuízos como acidentes naturais que concernem à aprendizagem. Quando vim parar em sua companhia, esse regime já fora implantado. Chegavam ali tão chucros e longe de todos os macetes, que não sabiam travar um serrote, bater um prego, arrancar cavacos ou desbastar uma tábua no gume da enxó, ou manejar qualquer outro apetrecho do ofício. Tio Teodoro, pessoalmente, iniciava-os passo a passo.

Cumprido o tempo do estágio necessário — que variava de aprendiz para aprendiz —, os sortudos partiam para ganhar a vida de peito estufado. Daí em diante, compartiriam a fama que distinguia a *tenda*. Eram apontados com o dedo:

— Aquele oficial ali sabe o que faz. Veio da *tenda* de Teodoro.

Era a conquista de um título.

14

Este atalho hoje está muito desolado. Desde cedinho até o momento, só topamos com esta pequena família que, mal acaba de apontar na encruzilhada do Retiro, vai cruzando com a gente. O velho dá com a mão e atravessa a mula na frente do jumento.

— O que leva aí nos caçuás? É comestível?

Antes de responder o homem tira o chapéu.

— É, sinhô, sim. É umas abroba.

— Esse diabo não se come cru. Não supre a nossa fome. E no outro caçuá? — Seu Saturnino se alça do coxim da sela e aponta com o dedo. — Que bicho se bole ali dentro?

— É uma menina mode fazer contrapeso. Serve pra dar equilíbro. É um artifício que nós usa mode a carga não emborcar.

— Ah! Vá… passe… Não se empate. Vá fazer seu dinheirinho. Antes que a feira acabe e suas abrobas vortem refugadas.

— Pro má pergunte, falo com quem?

— Fala comigo.

O homem, que se entusiasmara com a conversa do velho, queria puxar assunto, estremece os ombros e estaca. Estranhou a rispidez e, condoído, faz menção de rebater. Mas a mulher, caladinha, e que apenas se benzera ao dar com a Madrinha, e como se fosse uma mera figurante, é quem fecha a cara e toma a cena. Arrasta o homem pelo braço e seguem adiante. Ele ainda lança pelo rabo do olho um desafio calado de que ficara insatisfeito. Não se sabe o que lhe formiga na cabeça. Curioso, ligado no casal, adianto Castainho para ouvi-los mais de perto. Vejo que a mulherzinha decidida outra vez o acode, com as mãos duras e a voz firme. Empurra-lhe as costas com vontade enquanto lhe chega estas palavras:

— … bora homem. Chega pra lá. O menino e a menina aqui com fome. E você achando cedo? Ô homem encrenqueiro! Mal põe o pé fora do batente de casa começa logo a caçar confusão.

— Você tá cansada de saber que tenho o sangue quente.

— Deixe de lorota, seu besta. Você não viu que o velho tá caducando.

Seguem deblaterando caminho afora. Mulherzinha renitente! Assanhara-se. O homem gesticula abrindo os braços. Deve ser para a mulher não engoli-lo. Esse está bem arrumado. Acompanho com o olhar a destreza do casal em luta contra as escorregadelas no barro mole que vai se desmanchando abaixo das pisadas. Equilibram-se nas pernas cobertas por uma camada de lodo, saltitando entre a água empoçada. Parecem uns cabritos.

Seguem descalços: a mulher na retaguarda com um pano estampado envolvendo a cabeça; o sapato no dedo, a saia com a bainha suja de lama apanhada entre as mãos. O homem com as calças arregaçadas até o joelho, o chapéu de pindoba reposto na cabeça com as beiradas caídas. À frente dos dois, um menino escanchado na cangalha do jegue no meio do par de caçuás:

um destes — conferira de cima do cavalo — realmente abarrotado de abóboras; o outro, com uma menininha rajada, chupando dedo, mais um tanto de abóboras para, como explicou o sujeito, completar o contrapeso. Vê-se que a família está habituada ao desconforto. De certeza vão à feira. Com a venda das abóboras, decerto apurarão um dinheirinho para aviar o mantimento.

Esse episódio me caiu como uma distração medicinal. Até me descontraiu por alguns minutos, mas logo perderia o efeito. Está na cara que toda a minha indisposição provinha dos sentimentos tumultuados que se vinculam ao estado da Madrinha. Eu não fazia a menor ideia de que um parto encrencado pudesse redundar em tanto sofrimento, em tamanha complicação. Um parto precedido de tantos preparativos. A Madrinha flutuava de felicidade. Me dá pena e ao mesmo tempo impaciência vê-la assim tão acabadinha. Sequer deu mostras de acompanhar a passagem das abóboras.

Teodoro é quem devia estar metido nesta camisa de onze varas. Se solta a mulher desamparada na estrada, se abdica de sua responsabilidade, por que sou obrigado a enfrentar esta jornada detestável? O erro é dele. É o que tenho martelado. Escolheu e destacou para acompanhá-la um rapazinho de calibre fraco, com toda certeza mais mofino do que ele. Penso então nos rapazes que pilheriavam comigo. Talvez eu seja mesmo um mané-besta. E eles estejam cobertos de razões.

A partir desse momento, colho as rédeas e passo a reter Castainho, a me atrasar propositadamente: não aguento mais essa proximidade tão palpável com as dores da Madrinha. Gemidos entrecortados se entranham em minha cabeça, me arrastam os pensamentos como se tivessem unhas. Uma sensação repugnante, que visga e palpita como se fosse um bicho vivo. À força de se ater a ela, minha sensibilidade empacou aí. Andei quilômetros como autônomo. Atravessamos pedaços da paisagem conhecida e não me adverti. Alimentei a expectativa de rever uma jaqueira. Mas pelo pé de serra a nosso lado constato que já deve ter ficado pra trás.

Nessa altura, faço conjecturas, atraído pela nefasta possibilidade de todos os gravames. Se cair uma tempestade… um aguaceiro implacável, como é que ela vai suportar? A esteira arqueada sobre os fueiros do carro é um toldo vulnerável que uma ventania mais forte pode arrancar. E com qualquer chuvinha a mais não tarda a gotejar que nem uma peneira. Não esquecer que estamos no inverno, pródigo em lama, sujeira mole, umidade, bolor. E aqui ao relento estamos sujeitos a raios e a outros elementos fatais, cuja violência encapuzada não dá aviso e pode abater a qualquer um. Ou talvez eu esteja exagerando. Movido pela má disposição, sinto-me culpado, enxergo castigo em tudo. Pode ser apenas isso.

Vezeiro nas armadilhas do campo aberto, Zé Carreiro emburaca mesmo pela matinha do Balbino. Com essa alternativa temerária encurtará caminho. Mas pode ser surpreendido por trechos quase intrafegáveis. Abandona a ondulação da estrada em forma de costelas com sua cadência ondulatória insuportável. Deixa o caminho vazio entre os pastos como uma gigante fita desdobrada, que causa uma sensação de monotonia e enfado. Pega o atalho que desaparece mata adentro. Logo na entrada, grãos de piçarra se desmancham sob o ferro dos rodeiros. É uma antiga trilha palmilhada por caçadores e cães, por colhedores de jabuticabas.

Enquanto avançamos, o aroma das folhas fermentadas sobe do leito fofo de camadas e camadas depositadas pelos anos, fumegam e se decompõem para promover essa verdoenga fertilidade que nos rodeia. Ouço um ou outro bicho que povoam as nossas matas. Sobressai o coro dos guigós que pulam de galho em galho das árvores mais altas. Seu Saturnino troveja. Então eles silenciam, mas não inteiramente. É como se a mata inteira cochichasse. Olho para cima e não os localizo. Desaparecem na folhagem espessa das árvores frondosas, favorecidos pelo mimetismo.

Do outro lado desta mata, numa língua de terra duas léguas puxadas para o oeste, situam-me os casebres do arruado das Forras, formado por escravos perseguidos no final dos oitocentos. Ali se homiziavam, protegidos por este mundão de mata em derredor. Devem ter arrastado os pés por esta estrada escondida que naquele tempo não devia passar de uma vereda quase intrafegável. Quantos deles em condições piores do que a da Madrinha! Aquele regime, sim. Era filho do diabo.

Hoje, décadas e décadas depois, me acodem essas e outras dúvidas. Não posso afirmar que foi o trecho mais acolhedor da nossa jornada, porque sofremos debaixo de muita ferroada das mutucas. Mas ainda revivo alguma coisa. Os bois se torcem, tremem o couro, investem em balanços de cabeça sacudindo as orelhas, negam o corpo de banda, se malham com a vassoura dos rabos. Caminham desinquietos. Cada picada de mutuca nas partes baixas é respondida com um coice. Por isso mesmo, para desconsolo de Zé Carreiro, que gosta do caminhar aplicado, eles saem do prumo e tergiversam, obrigando-o a reclamar com insistência:

— Deixem de cooosca...

Ele mesmo, por trazer as calças arregaçadas até o meio das canelas, recebe as chuchadas por baixo, na barriga da perna, visto que, com a vara na mão, não pode se abaixar para esmagar as mutucas a palmadas. E como essas bichas chupam sangue! Nas pernas, com toda certeza, já estão estufando os calombos. Castainho não escapa: balança a cabeça, abana as orelhas e sacode a cauda contra as ferroadas impertinentes que deixam um rastro de sangue. Não fomos pegos de surpresa. Trecho de mata é assim mesmo. Pior ainda sendo inverno. O sombreado das árvores retém a umidade, atrai e abriga toda vencidade de insetos: mutucas, mosquitos, muriçocas, marimbondos, abelhas. A mosquitalhada insiste nos olhos da gente como se fossem cabaças de mel. Pousam nos beiços e escorregam para a boca. Entram com a chiadeira nos ouvidos. Um inferno!

Arrepia-me a nuvem de insetos circulando a dois ou três palmos, audíveis, da face descorada e indefesa da Madrinha. Mas Sinha Amália é uma máquina. Não se cansa de abaná-la durante todo o trajeto deste corredor sombreado. Como uma lançadeira mecânica, as mãos vão e vêm sem parar, às vezes também lhe cobrindo e descobrindo a cabeça. Agora mesmo, enxuga-lhe o suor do rosto com a pontinha do mesmo lençol que a cobre. Não se queixa de uma única picada dos insetos. Será que ainda está ilesa, ou é chegada a heroísmos? Fico tão impressionado, que lhe faço este comento.

— Não sei como a senhora consegue deter tantas chusmas de bichinhos.

— Maior é a Corte Celeste — responde ali na lata, revirando os olhos pra longe, sem me conceder a mínima importância. Como se tal evidência estivesse além de meu entendimento.

Essa cena de Sinha Amália em luta contra os insetos pra proteger a Madrinha me comove, embora eu procure me distrair para não vê-la. A seguir, como um boi encaretado, a que um tampo de couro, apregado na testa, impede que veja a cena frontal, procuro visualizar somente o que se passa pelos lados. Tentativa de me distanciar: propósito besta e impossível.

Estamos entrando numa espécie de túnel. Uma trança de cipós recoberta por abundantes ramos e folhagens procede de cada margem; ambas se cruzam e se enramalham por cima da estrada apertadinha formando um caramanchão, uma latada, um verdadeiro túnel vegetal. Os insetos não brincam. Gostam de atanazar, investem contra nós e distribuem ferroadelas a torto e a direito.

Já na saída da mata, um solzinho tímido se abre, de forma que ainda podemos notar a claridade furando a copa das árvores para semear no chão molhado retalhinhos multiformes, alguns até furta-cores. O balanço dos galhos e da folhagem tocados pelo vento provoca a dança dos pingos e das réstias luminosas de tal forma que umas refletem sobre as outras.

A par disso, procuro me distrair, inventariar detalhes de tudo o que vou encontrando pela frente e pelos lados. Seu Saturnino retém a burra, emparelha com o cavalo e me fita, dizendo qualquer coisa. Sem sair da desolação que me deixa impotente, movo a cabeça com o ar de riso dos autômatos, simulo que estou ouvindo... Os mulungus dominam a paisagem infestada de arbustos ou árvores pequenas: canudinho, assa-peixe, ouricuri, panã, jurubeba, velame, alecrim, são o mato em cujas folhas ainda úmidas vou correndo os dedos e molhando as mãos. Sobe e me atordoa o zumbido dos insetos miúdos e rapaces que adoram o nosso sangue.

Esses elementos visíveis que são pedaços da paisagem, mais as notas falhas do carro, misturados aos gemidos da Madrinha, formam uma barafunda ininteligível que nos faz sentir inúteis, sem condições de abreviar uma solução efetiva e apaziguadora. Essa inércia nos acabrunha, inculca-nos uma tristeza medonha. Bom seria fechar os olhos e abri-los longe daqui, pular este dia de hoje para escapar ao assédio desses pensamentos tenebrosos.

Sei, de antemão, que esse impulso idiota não se cumprirá. Uma força secreta e maior que não identifico nem controlo luta para que eu possa suportar toda a figuração que envolve a Madrinha. Me imagino tangendo os bois no lugar de Zé Carreiro, que, aliás, ouve qualquer observação de seu Saturnino com o clássico alçar dos ombros desdenhoso, que posteriormente eu encontraria em toda parte.

E então a impaciência e a inutilidade me derrotam. Volta-me o ímpeto de correr desabalado. De repente, sou puxado por mais uma palavra de Sinha Amália, secundada por um prolongado gemido da Madrinha. Lágrimas escorrem-lhe pela face, brilham no canto da boca. Tudo isso é desagradável. É como se houvesse assumido o compromisso com Teodoro e, na hora crítica, fugisse do enfrentamento. Estou zangado porque capitulei diante dele. Talvez exacerbe a responsabilidade que ele depositou em minhas mãos. Nas dúvidas irresolvíveis que vão me assediando, qualquer alternativa aventada me parece de antemão hipocrisia e mais nada.

Movimenta-se em todos nós uma tensão silenciosa, intercambiada por nossos olhares. Olhamos uns para os outros — eu, Sinha Amália, o velho Saturnino, Zé Carreiro — e imagino que somos um bando de inúteis desconcertados. É uma viagem sem sentido. Parece advertirmos uns aos outros de que nada vai bem. Olho para os quatro cantos e sinto que estamos abandonados, perdidos no meio do mundo. O velho, então, é mais certo dizer que está aterrado. Já não impreca contra Teodoro, já não adverte Zé Carreiro. É uma árvore arrancada com as raízes pra cima. Uma árvore cuja seiva vem secando. Não sentimos mais aquela excitação inicial. Vamos indo ao léu, nos braços da sorte, quase entregues ao cansaço. Desilusão. Nessa situação insustentável me ponho a divagar sobre as derradeiras horas que deixamos pra trás. De que me vale inventariar os passos da desgraça?

15

Como a mudança do tempo afeta os hábitos da gente! Ainda mais assim, conjugada com um acidente imprevisto que turba o nosso horizonte, desarranja a rotina do povoado. Já agora... é continuar desafiando o imponderável. Quem poderia adivinhar essa ronda inoportuna, essa cadeia de providências desencadeada para remediar a situação da Madrinha? Agosto. Às portas da Primavera. Justo no dia consagrado à nossa padroeira! O povo vai demorar a esquecer.

Antes de nossa partida, boa parte do povoado, sensível à situação da Madrinha, e envolvida numa onda de tristeza, passara a noite inteira postada de vigia, as criaturas mais dispostas rendendo as cansadas. Mas aposto que, ao mesmo tempo, debaixo daquelas nuvens pesadas havia também um bando de marmanjos, preguiçando enrolados nas cobertas. Alguns até desapontados com a possibilidade de a festa ser cancelada.

O sol não conseguia fender as nuvens que ainda cedinho despejavam água sem parar, provocando as batidinhas das pingueiras que escorriam das calhas dos telhados. Cantavam apenas os galos bem agasalhados e um ou outro passarinho. Cantos que esparsos e solitários não chegavam a embrandecer o clima funéreo. A postos, na beira do meio-fio da Pracinha, o carro-de-boi aguardava a Madrinha.

A festa de nossa padroeira! Havia um consenso de que, ano após ano, desde 1950 portanto, a animação tem melhorado aos pulos. Temporada em que a Madrinha se manteve à frente da comissão. Tornou-se mais viva e afamada, a ponto de o povoado não ter condições de acolher a contento as visitas que acorrem de toda a redondeza. A Madrinha é muito precavida, planeja e organiza as tarefas que lhe são confiadas com rigor e excesso de cuidados. Com tanta antecipação, que era até mesmo censurada por atropelar o próprio tempo. Como ela costumava dizer, é pra evitar surpresas desagradáveis.

Dessa vez, encaminhara tudo direitinho, no intuito de produzir uma festa de arromba. Uma festa pra ficar na tradição. Arrecadou uma bolada de dinheiro empregada em dúzias de rojões e outros fogos de artifício encomendados em Estância. Há meses. Visto que Joaquim Perna-de-Vela é fogueteiro fino e muito procurado. Arrecadou prendas para rifas e leilões. Na antevéspera da festa, ainda de manhã deu os últimos retoques na quermesse que seria animada com a música de Luís de Antão. E o bazar já fora armado. A única pendência era a presença do padre Rinaldo, que, ameaçado pelo pessoal da cooperativa, ora vinha, ora não vinha. Talvez se mantivesse amedrontado. Os lavradores que prejudicara eram muitos. O mais provável é que enviasse algum substituto pra celebrar a missa cantada e com sermão pela manhã; para acompanhar a procissão na cabeceira da charola da santa, saindo da Pracinha; para embocar pela rua do Tanque, fazer a curva pelo beco que sai do Talho de Carne, passar pelo bilhar de seu Zuza, ganhar o retorno pela rua do Cajueiro; e por fim, já na boca da noite, ministrar a Bênção do Santíssimo Sacramento na escadaria da própria Capela.

A essa altura, a expectativa e o movimento dos passantes já davam o toque que a data ia ser bem festejada. Rapazes enfrajolados iam e vinham sem parar, rodando nas bicicletas com pneus-balão que eram então a coqueluche do momento. As mocinhas passeavam carregadas de ruge e batom, enfeitadas de tudo quanto podiam. Passavam frente à fieira de casas que recendiam a tintas, caprichosamente caiadas para a ocasião. Adultos estavam de bolso cheio, iriam arriscar a sorte no jogo da caipira; a meninada suspirava pelo cavaco chinês, pelo algodão-doce, pelas garrafas de gasosa, pelos pirulitos. Estes eram mercadejados em formato de cone, enfiados nos buracos de uma tábua e atravessados por um palito, em cuja extremidade o freguês firma a mão. Ainda hoje, quando escuto aqui uma moda de viola, me acode o pregão:

Pirulito, pirulito
Embrulhado em papel
Enfiado num palito,
Compra pobre, compra rico
E ainda sobra pirulito.

A festa só seria no domingo, mas na quinta já estava tudo em cima. De manhã, a Madrinha passou sob o arco de bambu, erguido na frente da capela com ornamentos de palmas de pindobeiras e, seguida por um pequeno cortejo das mulheres mais dedicadas, entrou pela porta principal para inspecionar se havia alguma coisa fora do lugar, se tudo estava em ordem e, enfim, em caso de dúvida, dar os últimos retoques. Supervisionaram os arranjos de fitas, de sedas, de flores de papel crepom, entre outros preparativos que enfeitavam a charola da santa, que era e seria, naturalmente, o centro das atenções. Foi aí, então, que a Madrinha, erguendo os olhos atraídos pelo sorriso da santa, notou logo que alguma coisa estava errada. E, ao alçar os pés para reajustar, com as próprias mãos, a coroa na cabeça da santa, não viu que o tamborete onde se atrepara estava em falso, mal apoiado na quina do estrado — e então desmoronou. E por esse descuido tolo, de uma criatura tão precatada, é que íamos estrada afora desconsolados...

Tivesse um posto de saúde condizente pelo menos com os primeiros socorros, a pisada talvez fosse diferente. Ali em nossa praça, a privação era uma doença crônica. O prefeito de Rio-das-Paridas, sede do município, era um dos Canuto. Só lembrava da gente em ano de eleição. Não supria o povoado com nadinha desta pura vida. Quando se tratava de enfermidade que não atende a chá, nem a reza, nem a casca de pau, o suplicante morria à míngua porque não se contava com nenhum outro recurso.

Desde o primeiro mandato do deputado Canuto que as autoridades só fazem prometer: é médico... é escola... é rodagem... é remédio — e tudo fica por aí... Nunca houve solução. Quando era cobrado, respondia com estupidez; ou, se estivesse de veia, caprichava nas desculpas esfarrapadas: uma hora era falta de verba, outro dia era embargo de projeto. Certa vez, ao realizar um comício no meio da feira, foi pressionado por um maluco que teve a audácia de dirigir-lhe a palavra:

— E a nossa rodagem, deputado? Até o meu jumento quebrou uma perna num buraco.

O deputado tomou a palavra do outro ao pé da letra. Virou para o lado do burburinho e apontou o dedo. Presumo que sequer o distinguia.

— Bom que o senhor traga o assunto à baila. Oportuníssimo. Até agradeço a ocasião de me explicar. Toda semana agilizo essa estrada de cabo a rabo. Inclusive alargando o encostamento. Mas o negócio é que há muito deputado cretino. E minha emenda não anda.
— E pinicando a gema de dois dedos: — É d'oje que tá engavetada!

— E por que não quebra a fechadura do diabo da gaveta? — O mesmo malandro indagou. E ainda sugeriu a solução — Teodoro bota outra.

O pessoal da feira caiu na risada. E olhem que nessa quadra o deputado era um troço importante na bancada da situação. Contava com parentes graduados, investidos em cargos de chefia! Imagine se estivesse roendo corda na oposição. Ora, pois bem. Lugarzinho atrasado. Até a marinete circulava a um quilômetro de distância porque a nossa estrada se mantinha intrafegável. Na rodagem de mentira, os atoleiros eram tantos que formavam uma fila. E mesmo longe dali, na entrada de Rio-das-Paridas, a ponte do riacho da Limeira, escorada a paus e meio troncha, mal dava passagem mesmo a carros-de-boi. Os pranchões de madeira se esfarelavam. Ah, minha Borda da Mata! Luz elétrica, posto de saúde, juiz de direito e um pároco efetivo — nem falar! Comercinho miúdo e muito vagaroso. Uma vendinha aqui… outra ali… Dono de bodega não se equilibrava. O fiado corria solto.

Era o retrato do atraso e da pasmaceira. O padre Rinaldo, de Rio-das-Paridas, é quem chegava lá fanfando todo empertigado e gabola: olhava a todos de cima, bramia o seu latinório. As mocinhas comentavam que a batina (que mais tarde aposentaria) não cheirava a sebo de vela, que nem a do finado padre Ananias, mas a água de lavanda. Desancava o pau e atiçava o povo contra os políticos da situação. Só sabia falar de mal. Foi ele quem meteu na cabeça do povo umas ideias de gente revoltada. Do rebanho de analfabetos, cabalava aqueles que sabiam assinar o nome para votarem na oposição. Naquele tempo, analfabeto não votava. Chegou a lotar na sacristia uma escola para adultos. Era por conta da paróquia. Muita gente boa acudiu ao chamado, inclusive homens sem religião. Os mais tapados, porém, que não demonstravam desembaraço para esgarranchar o próprio nome, tinham a matrícula trancada. E outros marmanjões mais desasnados tomavam os lugares.

Falava como um papagaio. Prometia fundar uma cooperativa. Bateu muito nesse ponto. Algumas devotas, por terem o coração mais mole, se iludiram com a boa lábia, inclusive a Madrinha. Mais sestrosos e desconfiados, a ala dos homens, inicialmente, ficou contra. De qualquer forma, depois de dois anos de luta, o projeto foi aprovado. Houve festa. Foguetório. Logo depois, ouvia-se, por todo canto, o comento auspicioso de que a verba fora disponibilizada.

Como os homens eram acanhados e quase nenhum tinha leitura, o próprio pároco — ágil e animadíssimo — providenciou uma procuração que o autorizava a mexer com o dinheiro e o crédito de todos os sócios.

Procuração coletiva, firmada com assinaturas a rogo e muitas digitais.

A partir desse dia, tornou-se acintosamente descansado. Hibernava na moleza. Abordado sobre a questão, não parecia o mesmo padre. Arrodeava por longe enfeitando as palavras e só triscava no assunto de levinho. Assim mesmo quando era muito provocado. Mais de uma vez foi visto em Brasília. Era de Rio-das-Paridas para o lado de lá. E adeus Borda da Mata...

E nunca houve uma fiscalização para repor o dinheirinho destinado aos associados! Enquanto ele predicava que a cooperativa não saiu do papel, o povo jurava que ele enricou comendo as verbas. No princípio, arrotavam aos quatro cantos que iriam comê-lo vivo. Zé Carreiro fora o primeiro a se rebelar, a abrir os olhos dos associados, a remoer entredentes que o padre não prestava. Na sua linha de vida, Zé Carreiro nunca acreditara em ajuda de ninguém. Sua trajetória é uma prova de que ali na região o pobre só consegue amealhar alguns tostões perseverando no trabalho duro. Mas com a palavra de um padre tomando a frente e cego pela expectativa de ter nas mãos um dinheirinho o pessoal delirava... Depois do calote geral, no entanto, ganhara uma população de desafetos que, apesar de amainar a ira com a passagem do tempo, ainda continuava vigilante. Como única pedagoga do povoado, minha Madrinha sabia se dar valor, tomava a frente em qualquer tarefa coletiva. Procurada para se manifestar sobre a batalha de desconfiança movida contra o pároco, ela pediu paciência e cautela. Na verdade, anulava-se ante qualquer protesto que envolvesse o nome da religião ou da Igreja. Ficava paralisada.

Consta que posto a par da má fortuna, e pressionado a realizar a festa assim mesmo, o tal padre Rinaldo, que antes já manifestara medo de cair numa tocaia, amostrou-se revoltado. Chegou mesmo a declarar que a Borda da Mata ainda estava longe de merecer uma cooperativa. Que abrigava um povinho egoísta e sem sentimento. Bateu o pé e detonou, num bilhete atrevido, a única bomba que explodiu na nossa Festa da Padroeira:

— Com a liderança do povoado comprometida, com a zeladora da santa em dificuldade de saúde, não vou rezar missa. Nem Luís de Antão aparece com o banjo. Ora, festa! Cadê o respeito? Onde fica a religião? Será que essa cambada não teme uma bola de fogo atirada do céu em forma de castigo?

Foi verdade. Eu mesmo li o bilhete. Enfim, uma fatalidade pode ter evitado outra. E assim a vida anda. Com a desgraça que ferrou a Madrinha, ele ganhara condições de se esquivar sem perder a pele nem a linha.

16

Ganhamos outra vez a pastagem aberta. Com o desenrolar da estiada, os ares se abrandam, os passarinhos se alegram e gorjeiam mais convidativos. Respiro a plenos pulmões, como se antes estivesse sufocado. Mas desconfio de que esses ares saudáveis já não podem ser sorvidos pela consciência da Madrinha. Manhãzinha, a estrada fumegava embaçada na librina. Era o lameiro por baixo e, por cima, o chumbo das nuvens carregadas. Nuvens que nos acompanhavam enlutadas. Os bois, cabeça baixa, entanguidos da friagem, puxavam se esfregando um no outro; os pescoços inclinados protegiam os olhos já de pestanas caídas contra a batida do chuvisco.

Agora... os indícios da natureza são bem outros. Estão mais animadores. Mas, para quem prossegue aqui com a sensibilidade machucada, os elementos naturais que nos cercam não passam de uma moldura. Não alteram o nosso ânimo. Vai se extinguindo um débil arco-íris, que ainda realça e empresta brilho às gotinhas nas palhas do capim, cujas touceiras competem com os tocos de jurubeba roçados no último verão. É inacreditável a pujança com que os brotinhos fiam e se expandem, soltando cachos de flores azuladas. Com alguns dias a mais, teremos pencas de sementes para o licor de jurubeba que a própria Madrinha é mestra em preparar. De pálpebras arriadas, indiferente aos apelos da paisagem, ela não demonstra percebê-las. Como frisei, a natureza se transfigura, mas a pisada da Madrinha persiste dolorosa. Modula as nossas sensações.

Pedaços do ambiente ainda se refletem nas poças imóveis, espalhadas no leito da estrada e entre os tufos de mato viçoso que, desordenadamente, tentam invadi--la. Afinal, o sol venceu as nuvens e, daqui a pouco, começaremos a ficar aquecidos e suados. É aguardar que, de alguma forma, essa ligeira mudança seja favorável também para a Madrinha. Um bando de anuns e meia dúzia de urubus estão empoleirados sobre a cabeça dos postes da cerca lateral. Cofiam as penas de asas esticadas na maior pachorra, tomando banho de sol. Os couros dos bois já não fumegam e, com o movimento do andar, o castanho-lacre reveza as tonalidades encarnadas, diversificadas pelo brilho.

Aqui e acolá, bandos de periquitos-de-velame cruzam a estrada batendo as asinhas, confortados com o tempo aberto e a fartura do inverno. A revoada intermitente dos vira-bostas e sangues-de-boi vai pontuando de vida a desolação da estrada. Vez em quando, se sobrepõe, vindo dos arbustos na capoeira, o canto de briós, viuvinhas, bem-te-vis, numa mistura de sons que tinge a solidão da estrada com pinceladas de vida.

Nos juazeiros sobressai o amarelo dos canários gema-de-ovo. Os periquitos tapa-cus matraqueiam a mesma conversinha mastigada e miúda. É um bando numeroso, sinal de que aqui pela redondeza há roças de milho em abundância. Cada um cuida de si, retira das circunstâncias um motivo que festeja a própria natureza. Se esta não fosse uma viagem castigada, imagino como tudo isso ganharia nova vida e novas cores.

Prosseguimos já um tanto fatigados. No entorno à nossa frente se descortina uma pastagem plana como o fundo de um prato, encaroçada de reses alvaçãs. Assim de longe, eu não distinguia se eram nelores ou tabapuás. Mesmo porque a minha experiência no ramo era pouca. Tão limpa e simétrica que serviria a um quaradouro de roupas. O rebanho pasta sossegadamente. Somente o touro pressente a concorrência de Cacheado e de Vivedor, os marruás mais atrevidos e fogosos de Zé Carreiro. Começa a esturrar, lançando desafios que viajam pelo vento. Parece que tem faro de cachorro. Mesmo de longe, cava o barro mole com as patas, esfrega e barra os chifres na argila de um formigueiro, que distingo pelo volume alteado.

E já parte de lá soltando urros ameaçadores. No chouto em que se avizinha, a toalha do pescoço balança tanto que lhe atrapalha as passadas. Por ser branca, podia ser uma bandeira. Mas não seria de paz. Zé Carreiro pula do carro embaixo. Está zangado. Aos gritos, maneja a vara de ferrão e faz uma zoada danada, investe contra o touro. Para nos proteger ou a seus bois? Digamos que a todos. O touro, enfim, se afasta de má vontade, reclamando bastante pelos urros.

Chega-nos um canto afinado que, pouco a pouco, vem se aproximando. Só pode ser um eixo de peroba rolando nas cantadeiras de joão-mole. Mal cruzamos a porteira do Tanque do Severo e subimos até o topo da assentada, nos deparamos com outro carro-de-boi que acaba de subir de lá pra cá. Cheinho de lenha de jurema, numa carrada de proa frontal, canta que é uma beleza. A estradinha é estreita. Lado a lado, os carros se cruzam e os bois se emparelham. Os mais entourados urram e arremetem a cabeça se insultando. Se Zé Carreiro não intervém com energia, certamente teriam se atracado. E nos envolveríamos, então, numa cena desastrosa.

O carreiro desconhecido é um velhote magro e curtido. Mesmo com o carro em movimento, saúda-nos: inclina levemente a cabeça enquanto roça os dedos na aba do chapéu. Mas esbarra os bois logo adiante. Não é todo dia que cruza com uma comitiva como a nossa. Ganha o chão num lépido saltinho que desmente a idade. Aproxima-se de nosso carro talvez mais movido pela curiosidade do que eventualmente disposto a servir:

— Por mal que pergunte, a enferma que aí vai...

O velho Saturnino intervém e corta-lhe a frase. Estupidamente:

— Não há enferma nenhuma. A nossa viagem é somente a passeio.

— Virge Maria... Ô veio bruto.

Posso dizer que estamos bem aquecidos e até meio suados. Nós e os bois. Mas, por esta parte do caminho ser bastante irregular, a lâmina de água ainda não escoou completamente. As corredeiras e outros passarinhos estradeiros, de asas pesadas pela chuva, ainda não conseguem avoar à vontade para bicar as formiguinhas de asas e outros insetos miúdos que circulam acima do chão. As libélulas triscam o fundilho nas poças que restam e se distraem circulando pelas beiradas. Nos trechos mais encharcados, onde a terra mole ainda se desmancha, os rodeiros rolam com mais dificuldade, mesmo porque os bois chapinham no barro que se desfaz. As pegadas logo desaparecem no abre e fecha da laminha que se move.

Já avistamos os pendões de milho. Como oscilam com a pancada de vento! Pode ser que avancemos menos devagar do que me parece. Mas, se olhados de longe, tenho certeza: é como se não nos movêssemos do lugar. Nos deslocamos como se fôssemos um pedaço de terra solto na imensidão de um rio. Nos calombos de chão mais altos e enxutos, os bois caminham numa marcha tão silenciosa que chego a ouvir o range-range dos arreios: o tamboeiro de couro cru vai se atritando com a canga e a chaveta. Ou é este cavalo apressadinho que me propicia uma falsa impressão?

Inconformado com o rojão moroso, o animal me contamina com a sua impaciência: apesar de meio idoso, bate as mãos que nem menino sapateando, joga a cabeça para o alto, espicha o pescoço pedindo rédea. Só me resta conter-lhe a natureza árdega. Mesmo porque, no compasso do carro, ele nunca vai conseguir desenvolver a pisada espontânea. Vezes que trota em círculos, na ponta dos cascos, alçando as patas dianteiras, parece um adestrado cavalo militar.

Afinal, renteamos as roças de milho. Ponho *roças*, assim no plural, porque há lanços apenas embonecando; outros, com o cabelo caindo da espiga, ideal para pamonhas; (ah! ninguém se iguala à minha Madrinha numa tachada de canjica!) e o derradeiro, já madurão, em ponto de ser quebrado e raladinho na hora de ir ao fogo (sem se botar de molho na véspera) para o cuscuz fumegante, cheiroso e amarelo: o rei de nosso café de todas as manhãs. Tio Teodoro não quebra o jejum com outra coisa. Adotou o nosso costume, apesar de nascido em Goiás. Viajasse aqui em outra condição, a Madrinha já teria, solta e ridente, se comprazido com o cheiro das espigas.

Vejo que há algumas delas com as palhas esgaçadas a dedos que estiveram a conferir se estavam verdes ou maduras. É uma má conduta das criaturas que colhem, mas não gostam de plantar. As espigas que ainda estão em ponto de milho cozido é porque este ano o inverno foi tardão. Enganou as nossas previsões. Uma onda de perfume se desprende das palhas para regalar o olfato dos bois e aguçar-lhes o apetite. Vejo como engolem saliva e soltam fiapos de baba pelas laterais da boca. O par da dianteira, Cacheado e Vivedor, com mais espaço que os do meio e os do coice, abocanha as longas folhas cheirosas que desbordam da cerca para a beira do caminho. Estão desobedientes e famintos.

Mais além, na subida da vertente, diviso um terno de homens de calças arregaçadas, agarrados na limpa, e chegando terra à mandioca. Avisto daqui as covas altas e enleiradas. Isso é saúde para as raízes que, agradecidas, se alastrarão na terra fofa, sem o perigo de embebedarem, mesmo que, com muita chuva, a terra venha a ficar meio embrejada. E aqui não há outro recurso de cultivo, visto que a topografia inclinada, ao contrário da Borda da Mata, é inacessível a arados e a qualquer qualidade de apetrechos movidos a tração animal.

Com toda certeza, aqueles pesados enxadões convertem o trabalho em tortura. A essa hora, os suplicantes estão esfalfados e enfurecidos, cortando talhadas de terra encharcada. Serviço do cão. E ainda sacodem e batem com as touceiras arrancadas no olho da enxada para que os bolos de terra se desprendam e se soltem das raízes. Se não procederem assim, é serviço inútil e perdido: como a terra está empapada, o mato arrancado "pegará" de novo, como uma estaca que está sendo replantada.

Meio-dia e meia. Agora sim: Zé Carreiro finalmente para o carro sob uma moita de cajueiros que só botarão em dezembro. Um rebanho de saguis grita e se apadrinha nos troncos comendo-lhes as estrias de resina que escorrem pelo tronco e galhos mais grossos, em fartura. Esse meio de terra já foi cheio de fruteiras. Avisto a vetusta cajazeira, de cujos troncos e raízes se desprendem gomos de madeira tão leves como cortiça. A textura macia faz a festa dos canivetinhos da gurizada que esculpe dados para as inocentes jogatinas. Os que saem da mão de Teodoro são uma pintura de tão perfeitos.

Talvez seja somente uma pequena pausa para descanso dos bois: aliviar-lhes o pescoço das cangas e a toalha das brochas. Ou talvez tenha intenção de dar-lhes de beber numa das aguadas do entorno. Mas, ao desabrochar Vivedor, o velho Saturnino risca a burra em cima dele:

— Que negócio é esse? Não acredito no que vejo. Num dia de tanta chuva, boi não carece beber. Toca o carro pra frente, Zé Carreiro. Não vê que a menina tá se acabando? E você aqui com lero-lero. Num sufoco deste, todo minuto é precioso…

— É porque você não é o dono deles, Saturnino. Não tem pena dos bichinhos…

O velho salta da mula numa destreza ajudada pela ira e agarra a canga com toda força. Vejo que as veias do pescoço estão saltadas:

— Não, não solta, não. — Corre a mão no manso Cacheado e estende a palma aberta na cara do outro: — Veja isto aqui. Sequinha. O boi sequer tá suado…

— Não é assim. Veja que a sua mão tá molhada.

— É molhada da chuva, criatura. Ô homem birrento, desgraçado.

A contenda esquenta e prossegue. É reconhecido que, na defesa dos bois, Zé Carreiro criara muita inimizade. Ofendia a um e se desentendia com outro, sem a menor necessidade. Toda a Borda da Mata comenta o apego a seus "bichinhos". É por devoção a eles que pegou ojeriza a cachorros, não pode vê-los por perto, visto que um deles estraçalhou e abriu em tiras uma orelha de Meu Doutô.

Os dois contendores trocam agravos sem que um dos dois arrede o pé da própria posição. As palavras são ríspidas. Zé Carreiro é osso duro, é um homem sem esperanças. Cada etapa de sua vida foi uma conquista áspera. Quase uma guerra. Não sabe perder assim barato nem de graça.

— O que é que estamos esperando? — interfere a Madrinha, voltando a cabeça para que o fiapo de voz alcance os dois.

E logo Sinha Amália arremata indignada:

— Andem com isso, minha gente. Deixem de trela. Essa demora é um crime...

Ela aproveita a parada e me pede ajuda para trocar a fronha do travesseiro da Madrinha. De fato, está empapada de suor. Os meus dedos tremem. Ainda lembro da constelação de estrelas bordadas a ponto cheio sobre a alvura da fronha. Aliás, de ambas. A sobressalente agora vai ser usada. Na cama de casa, as duas deviam receber a cabeça dela e de Teodoro. A Madrinha bate os dentes como se tomada por um calafrio. Sinha Amália a aninha entre panos limpos. Mas de que adianta? Colada ao corpo a roupa adere, suadíssima. Abraça-lhe os ombros numa tentativa de aquecê-la.

Seu Saturnino, avivado de que a luta também é contra o tempo, baba de raiva. Pragueja contra o cinismo de tamanha embromação. Encara o Carreiro, queixo encostado no queixo, e cospe-lhe em cima da tampa da cara esta ameaça:

— Se a menina for prejudicada por não chegar a tempo, nós vamos resolver isso depois… Vamos atar as fraldas das camisas com um único nó. É você lá e eu cá. É de homem para homem…

— Deixe de armada, Saturnino. A menina é sua… mas os bois são meus — arremata Zé Carreiro, batendo no peito como se nutrisse certa ascendência sobre o velho ou para mostrar que não está amedrontado.

17

Fiquei deveras com receio de que os dois se atracassem ali no meio do mundo. Seria terrível para a Madrinha. Tanto que o diálogo acalorado não me saiu mais da cabeça. Somente anos e anos mais tarde, calejado por me defrontar com tantas cenas semelhantes, ou até mais cabeludas, vim a entender a sabedoria desses habitantes dos pequenos povoados como a Borda da Mata, onde os profissionais da polícia ou da Justiça, encarregados de manter a ordem, só costumam ser lembrados pela ausência...

Cada cidadão aprende, por experiência, que, para confrontar qualquer situação de risco, conta somente com a própria força, incluindo a esperteza. Antes de agir frontalmente, assunta muito, sonda um meio qualquer pra contorná-la. É o mais sensato. Estuda com vagar e paciência o limite e as reações do adversário. A seguir, apalpa direitinho as circunstâncias. Só pisa e avança em terreno seguro, onde possa se firmar para, conforme seja, dar o bote fatal. Ou senão... voltar atrás com uma certa sutileza, sem comprometer a compostura.

As impressões que sempre apanhei nesse quesito contrariam a lenda que corre aqui no Sudeste, focada em homens do interior nordestino. Deixo aqui a minha opinião. Assassinatos impulsivos? Somente se for por bebedeira. Premeditados? Só por questão de terras ou herança.

E onde fica o deblaterado ponto de honra? O chamado crime passional? Bem, me perguntem. Moças desencaminhadas, adultérios e outras práticas levantadas pelos instintos de baixo — a todas elas sempre se costuma dar um jeito. Conheci mesmo maridos condescendentes, interessados somente em salvar as aparências... Nessa questão, como se sabe, não há uma regra absoluta. Enfim, cada caso é um caso. Ou, como dizia o nosso Luiz Gonzaga: o sertão é terra de valentões, mas de cabra frouxo também.

Zé Carreiro despenca a cara que já está desenxabida. A cara daquelas pessoas que teimam... teimam... mas uma certa hora caem em si, convencidas das razões do adversário. Seria, afinal, um rebate de consciência? Pouco a pouco, suas palavras vieram se derretendo, perdendo a ênfase, embora o orgulho travado impedisse que desse o braço a torcer.

Talvez quisesse se desculpar. Mas não conseguia atrair o olhar do outro. Ou não era isso. Algum sentimento sombrio se perpetuara como uma crosta nas suas entranhas. Não tinha palavras para abrandar a indelicadeza. Mas era visível que a sua intransigência sofrera um abalo ou começava a declinar. Demora-se com a mão sobre a calça, acomoda a hérnia na funda. Seria um disfarce pra justificar o tempo perdido? Volta as costas ao velho e, caladão, torna a ajoujar Vivedor, o único boi que chegara a soltar.

Talvez os apelos do velho tenham, de alguma forma, lhe quebrado a resistência, visto que procurava distrair a índole contrariada. Pisa pra lá... pisa pra cá... fecha um cigarro na maior pachorra, e, pelo visto, só vai reatar a viagem quando lhe der na veneta.

Mas quem se arrisca a condená-lo? Não sou eu quem vai lhe devassar os sentimentos. Não apanhei sabedoria para tanto. Mas é patente que carrega aquele despeito amargo e trancado dos que experimentaram a servidão. Ou coisa parecida. Alguma forma de rancor maior do que ele mesmo. Uma tenência irreprimível. Uma insubordinação latente que aflora sem escolher o momento. Um legado que lhe contamina o sangue às golfadas. Não costuma se comover com nada e em geral destina o mau humor não a uma casta de gente especial, mas a pobres, ricos e arremediados; a meninos, homens e mulheres.

De qualquer forma, como a Madrinha representava pouco para ele! E para mim mesmo? E para seu Saturnino? Bem, eu olhava para este, e a estupidez de minha adolescência me levava a avaliar que os septuagenários já haviam passado a hora de viajar. Que só estavam aí para rezingar com os mais novos, para expelir a rabugice e empatar que outras pessoas se estabelecessem; que mereciam apenas uma morna complacência estudada. Era mais justo que se fosse no lugar da filha. Mas, na ocasião, o estado dele era tão deplorável que eu desviava a vista para não encarar o seu semblante destroçado. Punha em questão os meus próprios pensamentos.

Hoje, com tantas décadas de permeio, revejo esse episódio com um adendo. Era notório que Zé Carreiro detestava pegar carga de enfermo ou defunto. Na ocasião, se consentira em conduzir minha Madrinha, decerto não foi pelo peso do dinheiro, tampouco para agradar ao velho Saturnino. Nem fora tocado por essa balela de bons sentimentos. Não pertencia ao círculo da gente próxima a seu Saturnino, nem demonstrava tê-lo em grande conta. Não, que eu saiba. Nem consta que lhe devesse algum favor.

Já em relação a Teodoro, não posso dizer o mesmo. Enfim, hoje suponho que ele agiu por outra conveniência. Ao aceitar aquele carreto indesejável em dia de chuva, o que estava realmente em causa eram os laços que o ligavam a Teodoro. Não seria boa política desapontar o amigo que tanto lhe servira, recusar a transportar-lhe a mulher, que era a menina de seus olhos. Procedendo assim agia por cálculo, e não pecava por falta de esperteza: amaciava o coração do mestre carpina, que tantos favores costumava lhe prestar. Amealhava créditos que, com toda certeza, o ajudariam a ser servido no futuro, visto que Teodoro sempre exaltara e praticara a gratidão.

Socado ali naquelas brenhas, era o único carpina que mexia com qualquer tralha de carros-de-boi. E, volta e meia, era quem o tirava de apertos, priorizando a feitura de peças de que ele necessitava, sem olhar sábado nem domingo. Enfim, jamais trastejou em tirá-lo do sufoco. Ai dele se não fosse Teodoro!

Lembro bem que, ao se reintegrar ali na Borda da Mata, Zé Carreiro adquiriu de Zé Pacheco, após uma semana de pechincha, o carro desmantelado que apodrecia debaixo de um juazeiro, com o cabeçalho enganchado numa forquilha de galhos. Comprou barato, mas terminou saindo caro. O próprio cabeçalho, peça principal, estava facheado. Zé Carreiro entrou em conchavo com Teodoro e recambiou o carro até sua *tenda*, onde estacionaria por cerca de dois meses, como uma barcaça num estaleiro. O serviço era muito.

E Teodoro tinha uma fila de encomendas por aprontar. Mas todos os dias Zé Carreiro amanhecia acocorado ao pé da *tenda*. Uma sarna.

— Teodoro... se alembre do meu carro. A minha precisão tá na frente.

E só abrandou essa piega, numa insistência de semanas e semanas, quando teve o carro inteirinho reformado.

O mestre trocou o cabeçalho, uma cheda. Embutiu as arreias que unem as cambotas ao meião. Sem se falar na miudeza, com o madeirame mais recomendado pelo uso: fueiros de chifre de bode; chumaços de joão--mole ou tamboril, madeiras fofas como convém, para amortecer o atrito do eixo de peroba entre os cocões de sucupira. Caso contrário, se o carpina facilitar, se não seguir à risca a escolha da madeira, o eixo fica sujeito a fachear. Pode até mesmo pegar fogo na hora do sol a pino no meio de um verão escaldante se a carga for pesada além da conta.

Conto tudo isso para confirmar que era Teodoro, e não o velho Saturnino, quem tinha ascendência sobre Zé Carreiro, visto que lhe prestara uma ruma de favores. É certo que seu Saturnino tinha um peculiozinho, costumava emprestar a contra recibo e aceitava letra promissória, mas o outro nunca se serviu disso. Na sua linha de conduta, não gostava de dever. E, pegando a meada de trás, olhe que Zé Carreiro era exigente. Gostava de dar voto. Opinava no trabalho de Teodoro, só requeria e aprovava madeira de primeira. E artista não gosta disso. Fosse outro mestre, zangava-se. Teria desistido do serviço. Mandado Zé Carreiro se catar.

Teodoro, porém, levou as exigências desabridas na esportiva. Conhecia o passado do infeliz, castigado por passagens tenebrosas. Condescendia com a fraqueza humana, e não se arrepiava à toa. No final do serviço, o carro ficou tinindo. Fazia gosto se ver. Afinal, estávamos no tempo em que os professores sem escola, ciosos do ofício, trabalhavam com desvelo, pondo empenho em embelezar e eternizar o que faziam. Zé Carreiro ficou deveras empolgado com a dedicação de Teodoro. Untou o eixo direitinho com óleo de coco bem refinado, de modo que o carro já deixou a *tenda* alinhavando uma toada prometedora. Lembro-me como se fosse hoje. A primeira carrada foi de raízes de mandioca. Assim que deixou a cava, com a cesta de cipó-caititu socada até o topo, o carro saiu soltando aquele assobio agudo bem apertadinho, num continuado melodioso que desbordava da estrada e escorria num fiozinho de mel... adoçava a amplidão...

18

A condição da Madrinha, a quem já não encaminhamos a mesma atenção, passou a ser um desafio a testar a nossa fibra. Se bem que aqui ninguém é santo. Olho para o velho, mudo a vista para Sinha Amália, perscruto o silêncio de Zé Carreiro, e desconfio que o cansaço se abate sobre todos como um entorpecente que nos vai embotando os sentidos. É como se, pouco a pouco, a Madrinha fosse perdendo aquela presença forte que provocava a nossa atenção no início da manhã. Sinha Amália já não se desdobra em cuidados, não atenta na Madrinha com os mesmos gestos de delicadeza. Perdeu aquela vivacidade obsequiosa do início desta jornada e tem espaçado as recomendações animadoras e cheias de fé que tanto a definem. A voz sonolenta se esfarela na banalidade dos murmúrios cuja intenção é confortar, mas que já não convencem nem importam a ninguém.

Sacode a cabeça, reabre as pálpebras pesadas, e a mão esfrega e reesfrega a cara rechonchuda, achata o nariz. Boceja e cabeceia, vencida pelo cansaço. Com um tombo mais violento que lhe sacode o corpo flácido, ela acorda atarantada. Parece matutar: se a morte viesse logo não seria um descanso? Uma forma de caridade? Nessas circunstâncias deploráveis, sem o recurso de alguma substância anestésica que abrande o arrepiante martírio da Madrinha, as pessoas envolvidas escorregam, fraquejam e pensam em qualquer saída estapafúrdia. Mas quem ousa admitir? Tornar audíveis os pensamentos censuráveis?

O velho Saturnino amiúda suas consultas ao tempo. A todo momento, com a mão direita em pala sobre a testa, empina a cabeça e olha a altura do sol que descamba, decerto doido para apressar a tarde morosa, acumpliciada com o compasso do carro. Talvez com a sensação de que ambos se conjugam para eternizar a má situação. O vidro dos óculos flameja sobre os olhos fechados. Pelo visto, horas que não enxerga é nada. De repente, também cabeceia, encosta o queixo no peito e começa a cochilar. Deve ser a hora habitual de sua sesta.

Ainda atravessamos a zona de roçados, terras lavouráveis. Os rodeiros afundam quase meio palmo nessa veia de massapê arroxeado. A argila grudenta se espreme mais uma vez entre as unhas dos bois, de onde esguicham em forma de talhadas. Chego a ouvir o *ploc… ploc* dos pés que se desgrudam como se fossem providos de ventosas. A água das poças restantes e bungadas borbulha nos compridos sulcos dos rodeiros ou enche o desenho deixado pelos cascos.

De longe, meia dúzia de roceiros espia a nossa passagem. Todos eles com o queixo na mão pousada sobre o cabo da enxada, aliás, uma postura peculiar aos lavradores. Enxergo, no braço da roça que renteia a estrada, um lanço de feijão bagajó soltando vargens, tão viçoso que se derreia acamado. Trata-se de um feijão-de--arranca semeado em covas espaçadas nos vãos entre as carreiras de milho. Evita-se, assim, o *queima* que acaba com as folhas. E o lavrador só tira e bate um feijão de primeira, bem embajado, se as chuvas acalmarem pra deixar o chão escoado e meio enxuto no momento da colheita.

É terra propícia às melancias. No começo do último verão, indo à feira de Rio-das-Paridas, como era outro o meu ânimo! Demorei a contemplá-las com água na boca, imaginando cravar os dentes nas rubras talhadas suculentas. Desde menino mais novo que o meu paladar persegue as melancias.

Este chão, atapetado com o cruza-cruza labiríntico das ramas, estava enfestado daquelas bichonas rajadas. O próprio Zé Carreiro, se algum dia resolver a falar, pode muito bem confirmar minhas palavras: naquela safra, transportou carradas e carradas. E, como é de hábito, insatisfeito com tudo, sempre reclamando que o peso colossal das melancias estropiava os seus bois, exaurindo-lhes as forças. Ninguém diria que essas ramagens abundantes e luxuriosas, bem como todos esses frutos pesados e enormes, principiaram com uma semente depositada numa covinha aberta com o canto da enxada.

Emparelhamos com a antiga estrada do Capa-Bode, bem ali naquela várzea hoje inteiramente embrejada, cheia de marrecas, saracuras-do-brejo, galos d'águas e socós. Por ali, o caminho até encurta. Zé Carreiro sabe disso, mas duvido que se arrisque a atravessá-la. Aproximando-se da direita, um casal de quero-quero risca aqui em voos circulares e rasantes, manobras audaciosas, renteando nossa cabeça como se fosse rasgar os nossos chapéus com as esporas das asas. A estridência dos gritos repetidos incomoda. Zé Carreiro, por estar atrepado no tamborete do carro, a um nível mais alto, é o mais importunado e mesmo exposto a bicoradas. Espanta-os rodando a vara nos ares.

— Xô... pestes...

Mas as aves, de instintos procriativos aguçados, não desistem assim tão fácil. A insistência se justifica: como nidificam no chão, deve haver ovos ou filhotes aqui por perto. Não entre as touceiras de capim com manchas amarelas, prejudicadas pelo alagamento. Com toda certeza, os ninhos se localizam mais acima, no chão enxuto, a salvo da enxurrada, entre as hastes de capim que se enrolam de tão viçosas. Sinha Amália tenta estorvá-los sacudindo uma toalha:

— Vão de retro, excomungados. Era só o que faltava...

Na cabeça do pequeno pontilhão de madeira, os bois refugam. Zé Carreiro salta para o chão, apoiado ao pé da vara. Parece que pisou em falso, pois faz uma cara feia e leva a mão à funda que lhe sustenta a hérnia. Mas o comandante não perde tempo: tempera a goela com mais firmeza:

— Vambora, Cacheado... puxa à frente, Vivedor...

Nem vi quando pulou pra cima do tamborete outra vez. Com a baita da tal hérnia entre as pernas, e ainda consegue ser tão ágil! O corpo leve e franzino ajuda muito. Caminha pelo cabeçalho, amparando-se nos robustos bois de coice, Diamante e Meu Doutô. Bois ensinados, só faltam mesmo falar. Vai indo de braço esticado pra adiante... e só esbarra quando a ponta da vara alcança a dianteira. Retorna ao tamborete com os pés achatados que perderam o arco da cava por anos e anos de batidas. As de agora ecoam no ouvido dos bois, retumbam sobre as tábuas e os rodeiros começam a rolar. Os gemidos da Madrinha estraçalham e repartem o retumbo, me confrangem o coração. Um embargo de enjoo mais uma vez me recalca as entranhas. A minha Madrinha tresnoitada e morrente...

Na mesma várzea, mal cruzamos o pontilhão, só dá tempo de suspirarmos. Umas cinquenta varas adiante entramos num corredor estreito, ladeado por paredões escarpados se desbarrancando aos pedaços para uma bacia de água empoçada que — como logo testaríamos — não era sopa para se atravessar. É justo devido a esse trecho abandonado que muita gente acha uma temeridade pegar o atalho pela mata do Balbino. Os bois apuram algum instinto secreto e se antecipam, esbarram o carro antes da ordem do Carreiro. Mau sinal. Sei não, mas pressinto que estamos encalacrados.

Seu Saturnino tem pressa. Míope como um cata-cego, ataranta-se e ganha a frente do carro, agarrado a um pedaço de pau que, pelo tamanho tacanho, não vai lhe servir de nada. Por conta própria, avança e imerge o pedaço de pau no tentame de testar a fundura da água empossada, ver se podemos prosseguir — mas Medalha assopra, espeta as orelhas, dança na beirada e refuga, suspeitosa da fundura. E antes que eu o acuda com Castainho, que é um animal mais desobrigado — Zé Carreiro vem de lá e grita que os bois avancem!

— Vamo, Vivedor... Eia, Cacheado... Bota pra lá, minha gente...

Ficamos estupefatos com o atrevimento! Com a brutal inconsequência. Afinal, a Madrinha sequer se movimenta. Está indo aqui pela mão dos outros.

Ele ofendera-se porque seu Saturnino, zelando pela filha, apressou-se a sondar a fundura da passagem sem consultá-lo. Conheço carreiros assim! É uma qualidade de gente muito fina! Mas, convenhamos, que hora para se preocupar com hierarquia! Os bois avançam com os sentidos espertos, assopram pelas ventas. Os mais tímidos remancham à espera de que os mais ousados ganhem a frente. Movimentam-se bem devagarinho, quase empurrados. Literalmente, apalpam o terreno. Temerosos da água barrenta que remansa, da lama mole onde afundam os cascos. Mal se aproxima do meio da bacia, o par da dianteira despenca na depressão até a água tocar-lhe o couro da barriga. Idem, o par do meio: Pente Fino e Beija-Flor. Ah! O susto de todos nós! Os gritos de minha Madrinha! A situação é arrepiante.

Zé Carreiro se alerta. Seu sentido de comando deve calcular bem as doses do perigo. Mesmo porque conhece todos os macetes. Bate e rebate o pé no tamborete esbarrando o carro-de-boi que, no entanto, já estava parado. Pula embaixo, segura a hérnia com a mão, arregaça as calças até a altura do joelho, ganha a frente dos bois e, com o pé da vara, sonda o chão submerso: toca aqui... toca ali...

Vê-se que está agoniado. Retorna ao carro e passa a tanger os bois governando a vara do beiço da estrada. Pelo jeito, não há condições de prosseguirmos. E assim que o carro rola mais uns três metros adentro, as rodas patinam, o rodeiro esquerdo se inclina, a água barrenta resvala pelo eixo, remansa pelos olhos dos rodeiros cavados entre o meião e as cambotas. Em outras condições, esses tais *olhos* também servem pra ventilar as cantadeiras que modelam o canto; valem de apoio para o carreiro se alçar, no arrumo das altas carradas de proa. A Madrinha solta mais um grito.

— Assim... cês tão é me afogando!

E logo aqui atrás, sofrendo e punindo pela filha, o velho Saturnino não perde tempo:

— Para... para... Filho da mãe...

Enquanto isso, Sinha Amália suplica inteiramente apavorada:

— Tenham juízo, minha gente. A mulher já está se entregando... e vocês ainda ajudam a piorar... — E se dirigindo a mim: — Faça alguma coisa, menino... pra que é que você serve? Seu pamonha!

O reparo imprevisto, se bem que hoje ache justo, me melindrou. Fiquei zonzo e atarantado.

A água relanceia no corredor apertadinho. Falta pouco para lamber o lastro onde vão as passageiras. Há um prenúncio de pânico. Contando com a Madrinha, somos cinco pessoas contra o mundo. Todos nós imprestáveis. Até mesmo a serena e apaziguadora Sinha Amália sacode as banhas, leva as mãos à cabeça e só sabe suplicar:

— Valei-me, ó Corte Celeste!

O velho está trêmulo e enfurecido. Ofega até mesmo pelos olhos. Nesse destempero absoluto, decerto que não enxerga nem raciocina. Os redondos óculos de arame, com a haste esquerda mais curta, devido à solda defeituosa, estão totalmente embaciados. Não chegam a suprir a vista curta. Franze a testa e o corte esbeiçado na sobrancelha direita se pronuncia, ladeado de fiapos alvos como algodão. Um corte que jamais encabelou, ocasionado por um coice de mula que lhe abriu o supercílio. Volta-se para Sinha Amália e reclama, por cima das mãos que não esbarram de tremer:

— Não assuste a menina! Condenada da molesta!

Na verdade, o fato de se sentir impotente o põe desesperado. Não consegue inventar um recurso qualquer pra ajudar a sua menina, que às vezes chama de *fada*. Os olhos abobalhados passeiam perdidos no vácuo; logo se inclinam para trás como se ainda aguardassem o genro surgir na ponta da estrada:

— Filho da mãe! Abandonou a menina nesta hora do cão. O infame!

19

Ao relatar os momentos mais tensos desconfio da memória. Esse foi o episódio mais delicado e aflitivo que afetou nossa viagem. Pelo menos enquanto não alcançáramos o posto de puericultura. É justo pela dificuldade de repô-lo direitinho, sem escamotear as nossas reações, que ocupam este capítulo e o anterior. A minha apreensão fora tão despropositada que hoje em dia me baralha o entendimento do que realmente aconteceu. Mesmo porque os anos que se seguiram foram tão incertos, tão inquietantes, tão difíceis para readquirir o equilíbrio que, pouco a pouco, vieram me cegando a memória...

Não sei se vale a pena contar que, posteriormente, depois disso tudo, em 1962, desembarquei com meia dúzia de conterrâneos no Terminal Rodoviário da Luz. Acho que o Tietê ainda não existia. Ali, todos se dispersaram em busca de conhecidos da periferia de São Paulo. Ao me achar sozinho, no magote de gente que lotava a estação, a vista escureceu e as mãos esfriaram. Inseguro, andei caindo em pânico. Apertei nos dedos o endereço e o bilhete de recomendação que me acompanhavam porque sempre acreditara no pior, e esse simples gesto me fortaleceu. Embarquei em outra empresa e fui me bater em Botucatu, onde me alojei na casa de um primo da Madrinha, filho de uma irmã do velho Saturnino. Já amolecido pelos dramas, no rescaldo das desgraças que o castigaram, após aquela dramática viagem, o velho voltara-se para mim. Se sentia responsável.

Pra encurtar a história, esse primo da Madrinha, que servia aos Correios, me arranjou colocação numa fabriqueta de cadeiras. Até estudar, estudei. Mesmo no interior, eu veria que o Sudeste é outra coisa. Comecei aos vinte e três anos com matrícula na Escola Industrial. Ainda me lembro. A cadeira de desenho industrial, matéria que mais tarde seria decisiva para o meu ofício, era regida por Gastão Dal Farra, um professor de primeira, divertido e acaipirado, que nunca reprovara um aluno e, nas horas de folga, era dado a pescarias e moda de viola. Mais tarde, nas idas para o trabalho, sempre cruzava com ele na rua Curuzu.

Pois bem, depois de deixar o meu chão de nascença com a sensação de desterro, de que era uma ida sem volta, como de fato tem sido, caí neste mundo de meu Deus, me deparei com experiências que não condiziam com a minha natureza, e nas quais figurava como um peixinho se debatendo fora d'água. Esse noviciado tardio, ou coisa que o valha, deve ter se juntado aos infortúnios passados para me golpearem a memória. Será que ainda me é possível costurar direitinho as sensações de angústia, de morte, de afogamento que eu via tão claras nas feições desesperadas da Madrinha? Sabemos que nada é permanente. O esquecimento recobre os anos, modifica as sensações avassaladoras e projeta sobre o passado uma sombra de destruição. Tenho dúvidas. Talvez reconte somente os lances mais apavorantes que imagino lembrar.

O carro-de-boi permanece retido no meio da poça. A expectativa geral se converte em pura inquietação. Procuro Zé Carreiro com os olhos. Primeira vez que o apanho a vacilar. Não consegue abrandar a expressão tensa, interrogativa, laçada por uma dúvida. Move os ombros e balança a cabeça enchapelada. Nas mãos perdidas, a vara titubeia, indo lá e vindo cá, indecisa. Por um momento, se mantém apreensivo como se, encurralado por rio de águas abundantes, não atinasse com nenhuma margem à vista.

Aguardamos um gesto, uma palavra, um palpite, uma solução: qualquer coisa que seja prometedora, que nos transmita segurança, que nos tire da enrascada. Afinal, ele é o entendido incontestável! Vai prosseguir ou vai voltar? Os olhinhos se mexem hesitantes. Parece haver perdido o tino, a postura de comandante. Os bois aproveitam o momento de indecisão para umas rápidas goladas. Em segundos de trágico silêncio, mal respiramos, pesando a situação malparada. Estamos ou não estamos ferrados?

O antigo leito da estrada — talhado pelos rodeiros dos carros, socado pelos cascos de burros e jegues de carga, pisoteado pelas tropas dos caixeiros-viajantes e dos magotes de bois destinados à engorda — é um retângulo irregular com os ângulos quebrados, comido pelas beiradas, escavado e batido, no correr de muitas décadas, por gerações e gerações. Uma depressão estreitada entre troncos das velhas árvores do capão de mato que toma as duas margens. Com o volume do carro e dos bois, a água retida se movimenta, anda lá e anda cá, não tem como escoar. Mesmo porque essa veia de chão, batida e rebatida, é recoberta com um lençol de argila impermeável.

Impossível manobrar a volta num local tão apertado e reduzido. Não vai adiantar a tentativa de desatrelar a parelha do coice para remar o cabeçalho a muque como fizera em situações semelhantes. Mesmo porque já não possui a mesma pujança de outros tempos, e talvez a hérnia o atrapalhe, ou tenha chegado até mesmo a ponto de exaustão. Ele suspende o chapéu, coça a cabeça como quem indaga: por que não me avisaram que a desgraça desta passagem tá intransitável? Ou então — quem saberá? Talvez ele mesmo estivesse a par de tão dificultosa travessia — mas calara. Aqueles carreiros antigos costumavam estar atualizados dos entraves que aconteciam nas estradas. Talvez, condoído do estado da Madrinha, tentasse, a qualquer custo, enfrentar o perigo unicamente com o intuito saudável de abreviar a viagem. Talvez fosse o seu jeito silencioso de ajudá-la. Quem sabe lá do rio fundo que comanda as alternativas de cada um de nós?

O carro parece flutuar como se balançasse ao sabor das águas. Mas a impressão é falsa. Na verdade, a água é que se move e provoca pequenas ondas, aprisionadas no caixão de argila. O barranco da beirada mais alta vai se desmoronando de cambulhada com as raízes reviradas dos pequenos arbustos assustados. Neste exíguo beco sem saída, bloqueado entre os paredões laterais, só lhe resta a aventura: tocar o carro pra frente, empurrar os bois pra adiante mesmo que os rodeiros afundem e que isso prejudique a passageira. O que menos nos convém é ficarmos encalhados. Por um momento, abaixa a cabeça como quem vai retroceder. Parece outra vez haver perdido a esperança.

De repente, porém, se recompõe. O velho se aproxima pra falar... Mas o Carreiro o interrompe. Acena com a vara que pare… pare… com ares de quem, afinal, encontrara a solução…

Realmente, o comandante se reassume. Pigarreia, e pega a falar forte, soltando a voz cheia e controlada, naquele tom persuasivo, refeito na constância, acostumado a ser obedecido, como se fosse encorajado pela escuta de seus bois. É franzino e leve, parece um graveto. Mas empresta à fala uma espécie de convencimento que repõe a fé no devido lugar. Ninguém pensa em contestá-lo.

— Eia, boi… vamo, Cacheado, puxa pra lá, Vivedor…

A dianteira puxa com tanta firmeza que estrala a tiradeira. E não puxa mais porque a água dificulta o movimento das patas e dos pés submersos. No princípio, o carro resvala um pouco mais numa lâmina de barro inclinada, transmite mesmo a impressão de que está prestes a afundar. A tempo, porém, Diamante rema o cabeçalho com uma mãozinha de Meu Doutô. A manobra é tão seca e fechada que a Madrinha suspende os braços e se agita. Sinha Amália agarra-se com ela e se esgoela estarrecida:

— Valei-me, ó Corte Celeste.

Mãos se crispam nos fueiros. Estão desesperadas. Cresce uma excitação geral, um sopro aziago como se fosse o hálito da morte. E se a água lamber o lastro do carro envarado? Se alcançar o colchão? É o receio que nos aterroriza. O velho grita, atira o chapéu no chão e vai descalçando as botinas, pronto a se lançar na água…

Nisto, Zé Carreiro rebate o pé no tamborete, os bois do coice se retesam de cabeça levantada e ancas encobertas pela água. O carro esbarra, mas mesmo travado pelos bois, ainda rema de banda alguns palmos, escorrega no pendor. Ele salta do carro para o barranco direito, e daí de cima, usando o pé da vara, torna a periciar o poço em vários lugares, refaz a medição da fundura, como se tivesse feito o cálculo errado.

De fato, pode não ter levado em conta na primeira inspeção a camada de lama que chega a duplicar conforme o peso do carro. Desenxabido, confere outra vez a marca da lama impressa na altura da vara. Acho que lamenta para si mesmo: "Desta vez me passei". Mas não se deixa abater. Apoia o corpo na vara com mais firmeza e outra vez faz força para baixo. Compara com a altura dos olhos do rodeiro. Desanuvia-se um pouco. Recupera a segurança: dá para passar.

— Eia, boi… vamo, minha gente…

Canzis estalam, relhos rangem, apesar de molhados. Os bois pegam a jeito… e o carro finalmente arranca e vai subindo… subindo… subindo… até estufar do outro lado. Os bois arquejam e trocam olhares espantados como se não acreditassem na proeza. A água escorre dos couros encharcados. Se pondo mais à vontade, espanam água com a vassoura do rabo. Com elas, açoitam os próprios quartos na tentativa de enxugá-los. Se sacodem e se arrepiam para tirar a água do couro, a água suja e bungada que respinga no próprio carro, salpicando inclusive a Madrinha.

Zé Carreiro agarra no fueiro, já pula mais uma vez para o tamborete do carro. Não olha para ninguém. Deve estar envergonhado. As pernas da calça, sujas de lama, pesadas, descem e arriam abaixo do meio das canelas. Esfrega o pé da vara com a fralda da camisa. Esfrega até limpá-la direitinho. É para não enfarinhar a mão de terra. O contato tátil com a sujeira dá-lhe uma gastura nos nervos. Arrepia. E, como se nos prestasse alguma satisfação ou agradecesse aos bois, solta somente estas palavras quase triunfantes:

— Este corte cheio d'água não é caçoada. Comemos um tampado...

Atento nas palavras desse homem cujo regime é andar calado. Olho bem para ele que de repente virou um espantalho depenado, a ponto de se justificar. Se não fosse um desses suplicantes que resolvem tudo ruminando em silêncio, acho que poderia acrescentar:

— Fui quebrar caminho, e andei jogando meu nome na lama. Mas valeu. Enfim, foi em benefício da enferma.

Vencido o perigo, inesperado e pontual, Sinha Amália e a Madrinha ainda soluçam abraçadas. Seu Saturnino leva a mão ao peito. Escorregara, chegou a cair na laminha da beirada. Está sujo que faz dó. Pela palidez, deve ter sofrido alguma alteração. Abana-se com o chapéu, a cabeleira desabada para os lados. Só a custo vai recuperando o fôlego e as feições naturais que, de um brando rosado, ficaram como a cal. Aviva--se ainda meio tonto, como se estivesse se aprumando após uma pancada.

Enquanto nos recompomos, afinal respirando mais aliviados, ele, que não conseguiu intervir de modo favorável, aproveita-se da trégua momentânea. E para amostrar que não é um mísero figurante, que tem algum préstimo ou serventia, torna a descarregar sua indignação:

— Sujeito teimoso. Quase me afoga a menina. Mas isso não fica assim! Filho da mãe! — E, se reportando a Teodoro: — Uma desgraça desta só acomete a quem não tem um marido que preste. Botem sentido se não é! Um sujeito folgado que larga a mulher na estrada e fica em casa palitando os dentes… Isso é genro? Me digam! Mal empregado ter casado com minha filha.

É evidente que fala para que eu ouça. Ou, para ser mais explícito: das duas, uma: ou ele não me leva em conta ou está me incumbindo de levar um recado a Teodoro.

Ainda sob o efeito do susto, parecemos esgotados. Exaustos, desencorajados, com algumas tintas funéreas, como se houvéssemos acabado de recuperar a própria vida. Calados, naquela postura mortificante de quem se pune por um malfeito. A Madrinha está mesmo acabada. E a nossa expectativa abre um hiato de maior desolação. Seu Saturnino chega mesmo a apalpar-lhe os cabelos, os braços, o tronco, até mesmo as pernas para se convencer de que ainda está inteira.

Sinha Amália a consola com palavras amáveis, mas inconvictas, olhando pra longe, como se a esperança se dissolvesse no infinito. Como quem já não põe fé no efeito de sua própria fala, esquecida das palavras carregadas de promessas que comovem e persuadem. Como se elas fossem sendo arrastadas pelo olhar. É famosa por fortalecer as clientes, por injetar ânimo nas expectativas sombrias, por prolongar os casos insolúveis, por fazer de conta que a qualquer hora um milagre vai desabrochar. Mas, por outro lado, nem por isso deixa de ser previdente: nas suas incursões a serviço, veladas pela mesma inteligência, sempre carrega, disfarçadamente, uma vela benta escondida na mochila dos apetrechos.

Ainda a revejo movendo a mão aberta para o rosto da Madrinha, doce e lentamente, como se fosse amparar uma rosa pendida do galho. Revirava os olhos com os braços abertos, as mãos erguidas para o céu. E invocava palavras em que já não conseguia acreditar:

— Maior é a Corte Celeste.

Retomamos a jornada. Se o carro frio, com carga leve, não vinha mantendo um assobio agradável, imagine agora que acaba de encharcar os cocões e cantadeiras. Vinha tirando um cantinho fanhoso, intervalado, repetindo uma nota enervante como se partilhasse alguma coisa desta viagem dilacerada. Desentoado que era uma vergonha. Nem canto de gaita nem canto estradeiro. Agora calou de vez. Está mais de acordo com o estado da Madrinha.

Com base de meia hora a mais, cruzamos com um bando de ciganos que, periodicamente, costuma infestar a região. A polícia de Rio-das-Paridas a toda hora é chamada a intervir. Vê-se doida no meio de tantas queixas, acodem de todos os lados. Com o efetivo modesto — um sargento, um cabo e dois soldados —, suas diligências não dão conta de combater a ladroagem de ovelhas, cavalos, porcos e sobretudo galinhas. Ciganos de conversa colorida e cantada, entremeada de manhas e astúcias. E espalhafatosos nas frequentes armadilhas. Inteiradas da condição da Madrinha, as mulheres cercam o carro, entram em alvoroço. Penalizadíssimas. É gajão pra lá… gajão pra cá. Dramáticas, querem à força ajudar minha madrinha a parir. Alongam os braços para apalpá-la. Insistem em tomar-lhe a mão para colher os desígnios do destino. Afastam o lençol. Encostam nela, chegam a puxá-la pelo braço:

— Dê cá esta mão, gajão. É pra remir a sua sorte.

Sinha Amália, desesperada, arrebenta o cabo da sombrinha nos peitos da velhota mais insistente, arrebatando-lhe o braço da Madrinha. Mal esta abre a boca para ajudar Sinha Amália e contestar-lhes a investida, voltam mais para perto as saias rodadas, de estampas extravagantes, como se elas quisessem sufocá-la. Sinha Amália, enfurecida, toma a frente e tange a todas com as mãos:

— Abre... abre... vão pra trás... comboio de ladronas.

Zé Carreiro também acode com o pé da vara. Enfim, depois de relutarem muito, de gestos desabridos, de um bate-boca terrível, se dispersam numa algazarra de rezas e xingamentos, escorraçadas pelo velho Saturnino, que obriga a burra a morder uma e dar peitada em outra. Afinal, se vão rogando pragas e fazendo, com as mãos, desenhos obscenos, numa algaravia ininteligível. Os bois, incomodados com a zoada e o paradeiro inexplicável, em pleno sol, mais uma vez batem as patas no chão para se livrarem das fatias de lama seca inseridas entre as unhas. Devem produzir uma gastura irritante. Repetem isso em todo o trajeto: assim que param, pilham a terra com as patas.

Por falta de ânimo, não conseguia mais me aproximar da Madrinha. Ainda menos encará-la. Também porque talvez não quisesse denunciar o meu vexame. Eu saía pela tangente. Um verdadeiro fiasco. Flutuava oprimido e atormentado. O uivo sofrido contaminava a todos nós. Era como se ela fosse se rasgando em tiras. Como isso podia continuar? Só então, por um lapso de tempo, pondo a vista no seu rosto, vejo que de fato está esfrangalhada. Que seria feito daquele olhar macio e acariciante que pousava em Clovis... Dumira... Duão... meus irmãos de criação?

Seu Saturnino abaixa os olhos para o colchão empapado de sangue. Morde o beiço de baixo. Pela cara, contém-se em cogitações desesperadoras. Ela está realmente um bagaço. Destroçada. Não lhe sai dos olhos molhados uma certa doçura que talvez seja o primeiro lampejo de resignação. De que admite a impossibilidade de não melhorar. Para estar mais perto da própria vida, seu Saturnino desce do cavalo e segue a pé. Está de fazer dó. Caminha quase colado ao rodeiro do carro, pajeando-a com ternura, escorregando a mão sobre os cabelos, bebendo-lhe as dores e os gemidos, entontecendo-se com o seu cheiro. Me lembra uma novilha lambendo a própria cria.

Creio que àquela altura todos tínhamos fome. As bolachas que Sinha Amália me passara já não faziam mais efeito. No tumulto da saída, não nos precavemos com uma matutagem mais substanciosa. De mantimento de boca, trouxemos somente uma lata com biscoitos que a Madrinha se recusa a comer das mãos de Sinha Amália, por mais que ela insista. E com a chegada de seu Saturnino, contamos com duas pencas de bananas verdosas com que ele muniu o alforje da sela. Tem sido a nossa valência! Bananas que já foram devoradas. O velho comeu até as cascas. Zé Carreiro foi o único que persistiu impassível, como se estivesse eternamente de barriga cheia. Deve andar calejado de passar da hora de comer. Se exalasse aqui uma comida suculenta, creio que o seu olfato recusava. Embatucou de uma vez. Afora o desentendimento com seu Saturnino, o sufoco que passamos no trecho da estrada inundado e o bate-boca com os ciganos, não trocou mais uma palavra com ninguém. Calado, inclina a cabeça, olha a posição do sol e torna a apressar os bois. Repetidamente.

20

Na Borda da Mata o povo conversa muito. Também pudera! Nas entressafras e estiagens, o tempo calmoso se alastra. Até os cachorros reparam no desconforto. Enfadados, farejam os vãos mais frescos e, de barriga destampada para cima, cochilam… desinquietam-se… rosnam desatendidos. Insatisfeitos com a vida. Os lavradores encruzam os braços entregues ao ramerrão inalterável que vara os dias. E entediados por semanas e meses ociosos por falta do que fazer, batem à porta de casa e se mandam até o cajueiro da pracinha, onde vão desafogar e saber das novidades.

O disse que disse prossegue o dia inteiro, sem horas para calar. Ocasiões em que o assunto falha e soluça como a partida de um carro enguiçado. Então as piadas suprem o espírito e provocam gargalhadas que reboam longe, a ponto de espantar os passarinhos. Ouvi mulheres irritadas com essa assembleia masculina. Na verdade, melindradas com a escassez do de comer, decretavam que a hora não era pra graça. Que os maridos desocupados precisavam se virar. Daí que rasgassem pelas costas:

— Vão caçar o que fazer… debochados…

Às oito da manhã, o bolo de gente já toma a sombra do cajueiro. De pé, acocorados ou de fundilhos nas raízes — cada um se acomoda como pode. Os que moram bem pertinho chegam com tamboretes encardidos onde se aboletam à vontade. Há também aqueles em que a inquietude supre a fala: quebram gravetos nos dentes e cuspinham os farelinhos; cheiram folhas esfregadas com as mãos; futucam o chão com a ponta de um garrancho. Qualquer coisa serve pra entreter: esmagam com os pés as formigas atontadas; estapeiam as mutucas; desbastam pedacinhos de madeira no gume dos canivetes — e mais o diabo a quatro.

Mas a leitura desse passatempo não vem ao caso. Entra aqui somente para frisar que, enquanto as mãos se ocupam a lhes aplacar os nervos com essas pequenas manias — as línguas disparam. Conversam, viu?! Meu Deus, como conversam! Andei ali de ouvido à espreita. Corria o verão de 1957. Eu ainda não chegara aos vinte anos. E para disfarçar o meu interesse sem dar bandeira, me acheguei com o bom-dia embicado para as nuvens. Fui me encostando meio de banda, apertando os olhos contra a explosão de claridade que incendiava todo o horizonte. Comentei bobeiras, sem encarar as pessoas nem me integrar à roda de conversa. Tem gente nova que age assim, meio abestada. Ainda não aprendera a despistar…

A propósito de qualquer bobagem, soltei no ar o nome de Zé Carreiro, cuja conduta estapafúrdia passara a me intrigar justo naquela viagem da Madrinha. Aquilo não me saía da cabeça. Fechei os olhos e as palavras soaram gaguejadas. Temiam ser mal acolhidas. Qualquer um dos mais gaiatos poderia rebatê-las.

Caiu um silêncio tenebroso. Então, comecei a assuntar que dera um passo em falso. Talvez atribuíssem alguma coisa de mal às minhas intenções ou não houvessem me reconhecido direito. Não sei. Mas logo-logo o mais saliente da turma pulou de lá e exclamou:

— Pois não é o menino de Teodoro! Rapaz... tá um homem-feito!

Não sei se o comento era sincero ou mais uma presepada dos gaiatos. A dúvida vem de que quatro anos de adolescência podem tudo, as feições se alteram por demais. Verdade é que, a partir de então, atacaram o assunto com uma voracidade instintiva.

A princípio houve uma certa confusão. Todos queriam falar ao mesmo tempo. De forma que, de retalho em retalho, fiz a colheita apreciável. Mas ponho esta ressalva: em casos de tal natureza, o sonho de se repor a verdade nua e crua não passa de sonho mesmo. Essa certeza não me desanimou. Os depoimentos se converteram em elos de uma única corrente, engatavam-se em razoável coesão. Foi então que confirmei o pressentimento já alimentado por notícias anteriores e por contatos ocasionais com ele mesmo: Zé Carreiro era, como eu mesmo, um desvalido de nascença. Mas, devido ao arrimo da Madrinha, como os nossos destinos foram diferentes!

Desde menino, quando então atendia pelo nome de Zé de Lena, já trazia indicativos de que viria a ser esse sujeito arrepiado e autônomo. Ainda sob o jugo paterno, somente a muito custo, debaixo de pancada e quase arrastado, ele se botava para a limpa do roçado de milho e mandioca: cavucava bem devagarinho com o cacumbu que o pai lhe punha entre as mãos. Escorava o queixo no cabo da enxada, relaxava o corpinho e levantava a vista sondando a força do sol. Já doido para arriar o serviço antes da hora. Seu negócio era sombra e água fresca. E que não se impute essa postura de remanchão ao convívio com o pai. Muito ao contrário: tanto este se impunha pelo bom exemplo, como não trastejava em castigá-lo.

— Isso é rojão de gente… molequinho preguiçoso. Se mire em seu pai. — Estendia-lhe as mãos de palmas abertas. Tão calosas que poderiam ser grosadas. — E, olhe, não me arranque as manibas.

— Mas pai…

— Entupa-se, corninho. Dobre a língua. Pra torar uma pratada de feijão, você é bom. Só quer lotar a barriga. Só serve mesmo pra aumentar minha despesa.

O regime do velho era brutal. Ouvi essas palavras de um tio materno em cuja casa ele fora acolhido por razoável temporada. Nenhum dos presentes o contestou. Antes disso, só trabalhava na lavoura assim forçado. Remanchava no trabalho do eito, criou ojeriza ao cabo da enxada, que associava à injustiça, à dureza, ao desconforto, e que, comenta-se também, semeou enormes bolhas de água nas mãos finas que ele exibia com estranha satisfação…

A seguir, já rapazinho meio taludo, a cada novo embate com o pai foi se pondo de pescoço duro e mais insatisfeito. Veio inchando… inchando… Semanas e semanas se passavam. E mais ele engrossava a voz e o cangote. Até o dia em que fugou de casa para escapar às pancadas que o empurravam ao trabalho. Nessa altura, sua cabeça já pendia para os bichos. Era uma inclinação inarredável: viga mestra de sua natureza que, no final das contas, mais tarde viria a triunfar.

Como um cachorrinho enxovalhado, de rabo entre as pernas, homiziou-se na morada do tal tio, que era

Carreiro ali pertinho do povoado, na Fazenda Água-Boa. Com poucas semanas de traquejado pela pedagogia e boa prática desse tio, ficaria capacitado a fazer estágio como chamador de bois. Galgara o primeiro degrau no rumo de seu sonho…

A cada nova semana se distanciava mais do menino atrapalhado que não sabia o que fazer com a enxada entre as mãos. Revelou-se aprendiz hábil e pertinaz no adestramento dos bois. E olhem que atacou um servicinho duro, notadamente refugado pela obrigação fora de horas e pelo inclemente desconforto. Mas, por um desses segredos obscuros, que desafiam os orientadores de vocações, o serviço espinhoso se congeminava com a sua disposição.

Com mais algumas semanas, o aprendiz assimilaria muitos macetes indispensáveis ao ofício. Passou a surpreender os carreiros mais entendidos da redondeza, também pela pertinácia. Todos destacavam a sua força de vontade. Já não lhe assentava bem a tacha de mandrião. Manhã cedinho, antes do corruchiado dos primeiros passarinhos, ele esfregava os olhos e saltava da tarimba, com um lastro de couro: hora cruel de apanhar os bois nas capineiras. Obrigação da pinima! Era pôr os pés no chão e se haver! Às sete da manhã, todos os seis bois já deviam estar em ponto de bala: com o pescoço metido entre os canzis e as barbelas abrochadas.

Não era tão incomum algum animal mais espertinho desalotar-se dos pares, furar a cerca e fugar dentro da noite. Invadia as pastagens reservadas. Ia forrar a barriga e ficar banzando à tripa forra. E em seguimento, como parte da velhacaria ainda inacabada, o desgarrado ganhava a capoeira para remoer sossegadamente o banquete. Amocambava-se numa moita fechada de espinhos, acreditando-se envultado.

Mais de uma vez o menino que ainda não se chamava Zé Carreiro teve de enfrentar casos assim. Lutando contra o mau tempo e o relógio, se danava a procurar o boi esperto em pastagens cheias de ladeiras e capões de mato intransitáveis. E completamente atarantado, sem discernir o rumo palmilhado pelo fujão, toca a correr a pastagem... toca a descer morros e subir pirambeiras... toca a esquadrinhar os socovões da capoeira. Toca a vasculhar tudo quanto é biboca, moita fechada e espinhenta — sem esquecer que corria contra o tempo. Diligência do inferno.

Lá em nossa região, *Carreiro* é uma nação de gente que pega no serviço muito cedo. É de obrigação. Quando o pendor do sol e as réstias das árvores acusavam que já eram sete horas — Zé de Lena entrava em desespero: sentia-se perdido como uma sementinha de capim lançada na imensidão da pastagem descoberta. Regime terrível! O jogo era duro! Assustado, não tinha cabeça pra maquinar uma desculpa. Com toda certeza, àquela altura, o seu tio Carreiro aguardava os bois, fulo de impaciência. Irado da cabeça aos pés, já cansara de esperá-lo:

— Esse moleque já me fez perder o dia.

A partir de uma certa hora, com o sol alto lhe tinindo nos miolos, e já esgotado da vã procura, como se o tal novilho tresmalhado estivesse mesmo protegido por artes de algum encantamento, a sua própria cabeça, pendida de tanta preocupação, começava a girar e regirar. Urgia encontrar o boi a qualquer preço. Custasse o que custasse. E não tinha direito a desanimar. Era o seu trabalho. Sua responsabilidade. Era desentocar o fujão ainda que fosse no quinto dos infernos. Sabia que a transição de chamador de boi a carreiro é uma fase probatória arranhenta, é um certame... um desafio muito decisivo e difícil, e que tinha de ser cumprido à risca. Afinal, era o seu futuro que estava em jogo. Qualquer pisada em falso ia comprometer sua própria vida. E a queda não tinha volta, seria para sempre. De sua competência combativa — e somente dela — dependia a promoção ao posto de Carreiro.

Se fosse inverno, o tormento redobrava. Vezes que a chuva batia-lhe no lombo, o frio cortava... o pinga-pinga da camisa enxugava no calor do próprio corpo. Dia seguinte, era fatal: moleza, espirros, dor de cabeça: apanhara um resfriado. Mesmo assim, não convinha se entregar. Urgia trabalhar duro, arregimentar as forças para se qualificar. Para ser um vencedor. Aprumar a cabeça e a espinha para amostrar que estava à altura do serviço. Prendia a varinha entre o ombro e o pescoço e, com as mãos livres, seguia abanando a mosquitalhada impertinente que, em ondas e ondas, escurecia ao relento. E só lhe faltavam furar os olhos. Deles que entravam pela boca e os ouvidos. Sem se falar na ferroada das mutucas que também circulam pela capoeira. Andam aos magotes. E os carrapatos miúdos em camadas! Enfim, inseto nos baixios invernosos é uma praga.

Foi nessas condições periclitantes que aprendeu a fumar. Murchava as bochechas, tirava tragadas volumosas e baforava devagarinho sobre os mosquitos. Fumo de Arapiraca, fumo de rolo bem forte, capaz de entontecê-los. Quando, afinal, localizava o boi fujão, já estava em petição de miséria: o rosto, o pescoço e os braços inteiramente pinicados. A lama lhe subia pelos pés cravados de espinhos.

21

Daí a se converter de Zé de Lena em Zé Carreiro foi um pulo. Sofrera maus-tratos até o limite do suportável. Mas em compensação, como se diz, provou que o aprendiz era um sujeito a toda prova, como se já nascesse feito e diplomado. Foi investido de Carreiro da Água-Boa na maior satisfação. Precocemente, alcançara o último degrau...

Nunca a fazenda tivera um Carreiro — ofício de homens maduros e responsáveis — tão franzino e novinho. E logo nas primeiras semanas mostrou pra quê viera ao mundo. Foi dando conta do recado.

Primeiros meses transcorreram às mil maravilhas. Pés firmados no tamborete do carro, vara de ferrão encastoada vadiando entre as mãos, ele espalhava pelas estradas o contentamento de sua prematura competência.

Até o funesto sábado que mudaria o curso de sua vida. Era de manhã. Alpendre cheio de gente. Hora do pagamento semanal na Água-Boa. Dali mesmo, com o dinheirinho apurado, os trabalhadores costumavam se botar para a feira, onde aviariam o mantimento semanal. Como os demais, ele não via a hora de gastar os seus trocados.

Pois bem, ao chegar a sua vez de receber o soldo da semana, o deputado Canuto, que ainda não era deputado e só assistia na fazenda de meio em meio ano, chamou-o pelo nome:

— Zé Carreiro. — Ele se aproximou se sentindo examinado de alto a baixo. — Assim tão moderno e franzino e já é o meu Carreiro! Nossa! — Admirou-se o fazendeiro. — Tome aqui o seu dinheiro.

Ele não abriu a boca. Dera mais duas passadas e estendera a mão pra recolher as cédulas, satisfeito por ouvir o nome *carreiro* na boca do patrão. Afinal, era a palavra que o qualificava. Ainda estava empolgado com a nova profissão. Meteu no bolso o dinheirinho literalmente ganho com o suor do rosto e que correspondia a seu ofício. Estranhou, porém, que, postado ao lado, o capataz fizera boca de riso. Ora, naquele tempo, preservavam-se certos costumes. Em sinal de respeito, ninguém se atrevia a entrar em casa alheia com o chapéu na cabeça, muito menos a contar dinheiro na presença do patrão. Era uma ação mal prometida.

O que teria feito de errado? Ao transpor a soleira do portão, porém, lembrou o riso do capataz e teve um estalo. Meteu a mão no bolso, conferiu a quantia recebida e estacou. Dera pela falta do dinheiro concernente a um dia de serviço. Agora entendia tudo. Como um dos bois furara a cerca e fugira do pasto, isso da terça para a quarta, ele encangara os bois às nove horas, portanto, com duas de atraso. Taí! Tem cabimento! Um dia de trabalho descontado!

A partir desse momento, os miolos formigaram e a vista escureceu. Ele não vacilou. Deu um pulo ali na casa dos carros, puxou a chaveta da ponta do cabeçalho, soltou o tamboeiro e voltou com a canga do coice, um peso descomunal, estendida entre os braços, como se tudo junto formasse uma cruz. Estava enfurecido. E sem retirar os canzis e as brochas, atirou aquele volume enorme aos pés do futuro deputado Canuto. Grosseria inconcebível nos anais na região. E, como se isso não bastasse, enquanto o outro abria a boca assuntando o que era aquilo, ele ainda puxou as cédulas do bolso, atirou-lhes uma cusparada, amarfanhou-as num bolo nojento e lançou-as a seus pés.

O patrão meteu os pés pelas mãos e levantou-se com rispidez. Pra bravatear, ainda arrancou da cintura um revólver cano longo aniquelado. Afinal, a desfeita que sofrera fora brutal. O molequinho carecia ser exemplado. Houve bate-boca… o capataz que o ferrou entrou no meio, chegando mesmo a segurá-lo. Ciscaram pra lá… ciscaram pra cá. Houve muitos empurrões. Mas no final do rolo não houve um único ferido. E tudo terminaria no famoso aparta-aparta…

Com tal desplante, Zé Carreiro proclamara perante todos os presentes que a Fazenda Água-Boa não lhe servia mais. Dia seguinte, que foi um domingo — reparem bem, dia em que autoridade policial não dá expediente —, foi intimado à delegacia de Rio-das-Paridas. Compareceu meio cansado das léguas que tivera de torar a pé. A trinca fardada o aguardava. Em vez de lhe devolverem o dinheirinho que o patrão afanara, o submeteram a um interrogatório capcioso que resultaria em reprimenda e castigo. Pressionado de todos os modos, o acusado, quase ainda um moleque, bateu o pé e recusou a se retratar. De bico calado, ouviu a catilinária recheada de ameaças. Contra o clã dos Canuto — conferiu — não havia defesa, qualquer argumento que reivindicasse, reverteria contra si próprio. Aviso não lhe faltara. Mas não se retratava. E, como paga, bateu com os seus dezessete anos de idade ali mesmo na cadeia.

Tudo leva a crer que o choque produzido por tal episódio lhe deixou sequelas irreversíveis. Incorporou-se à sua vida, diluiu-se no seu sangue e jamais iria esquecê--lo. Além do quê, ele não contava com nenhuma pessoa capacitada que o chamasse à razão. Que, de modo inteligente, o dissuadisse dessa bobagem de se deixar enfurecer perdendo o juízo. A partir daí, Zé Carreiro demonstraria que, estando coberto de razão, não daria ousadia de se explicar. Ficou carimbado com tacha de carreiro soberbo e malcriado.

Bem, dois dias depois, dois dias de jejum rigoroso, deixou a cadeia cheio de vergonha, cabeça zonza e atrapalhada, tinindo de indignação. Não tinha condições de discernir e escolher um rumo certo, não tinha um destino determinado — queria apenas fugar no mundo, desaparecer do meio dos conhecidos. A Água-Boa e a Borda da Mata não lhe serviam mais.

Como um autômato, saiu trotando até alcançar a rodagem de Rio-das-Paridas, onde pegou a primeira marinete do dia. E foi se bater em Itabuna, que era o fim de linha. Com poucas semanas de serviço e muitos dias de insatisfação, juntou os tarecos, andou mais um pouco e, cheio de desconfianças, foi tentar a vida em Ilhéus, onde afinal arriaria a trouxa por uma boa temporada.

Ao se estabelecer ali, ainda deambulou de fazenda em fazenda, custou muito a se acertar, sempre se sentindo espoliado. Pagou, no barracão, contas que não existiam, foi extorquido em juros não devidos, topou serviços insalubres, foi ofendido de cobra no tornozelo da perna direita. E, devido ao gênio ruim que não é novidade para ninguém, recebeu uma camada de chumbo numa tocaia.

Não tinha natureza para se alotar com outros aventureiros e ganhar as matas de facão em punho, labutando na derruba do cacau. Serviço de lavoura não era mesmo com ele. Àquela altura o momento auspicioso do cacau já era página virada. Mas, com a passagem de qualquer ciclo econômico pujante, sempre fica um rescaldo lendário para os teimosos e os visionários remexerem, para arquitetarem mirabolantes devaneios. Esses eternos perdedores vestem a camisa que um dia fora vencedora e, com as mesmas cores, tecem a bandeira rota de seus sonhos. E é compreensível. Sem a fantasia para se distraírem dos fracassos, sem os castelos que flamejam na cabeça, o que restaria de consolo a essas criaturas quebradas e perdidas que não conseguiam abandonar o cenário montado pela fé?

Afinal, nesse ambiente de fim de festa, ele encontrou uma vaga para carreiro. Então, sem mais delongas, dedicou-se a baldear o cacau, conforme fosse, até a carreta dos tratores ou até os terreiros da secagem.

E só retornaria de lá quando a fé desses "fazendeiros do ar" e a demanda dos negociantes falidos se confrontaram num duelo tão patético que só de imaginá-lo me confrange o coração. Já não havia dinheiro circulando e, consequentemente, a expectativa dos diaristas feneceu. Impossível resistir. Acabara-se o sonho. Desapontado, o pessoal que trabalhava nas roças foi arrumando a bagagem e retornando às origens. Os mais afoitos e desapertados foram mais adiante. Pegaram os paus de arara para aventurar a vida em São Paulo. Sei muito bem o que é isso.

Zé Carreiro voltou direto à Borda da Mata. Endinheirado, sim. Mas em termos miúdos. Continuava sendo o mesmo homem, e ainda mais subtraído. Foi assim que os mais novos o conhecemos. Constatamos que continuava sempre à parte, não se alotava com ninguém. Não queria prosa nem relacionamento com vizinhos. Era somente ele e os próprios botões. E como não conseguíamos abordá-lo, os mais inconvenientes não suportavam aquilo. Pegaram logo a maldar, pondo de entremeio uma pontinha de deboche ou caçoada. Espalharam que ele chegara com a burra cheia. E que era um homem inteligente e cauteloso: ao se esquivar de qualquer familiaridade com os colegas, estava apenas se precavendo contra presumíveis pedidos de dinheiro emprestado. Inventaram outras besteiras.

Acrescente-se que, entre nós, chovia velhacos como formiga. Teodoro que o diga. Tomou facadas terríveis!

Mas aqueles finórios mais presumidos, os que detestavam vê-lo andar de pescoço erguido, insistiam em lhe dar um calote e não encontraram brecha, se sentiram particularmente logrados e levaram adiante o plano de partirem para a desforra, de impingirem-lhe alguma tacha desprezível. Assim que ele passava a caminho da Terra-Dura, o apontavam com o dedo:

— Lá se vai o pão-duro metido a besta… quebra a mão, mas não abre a munheca.

Ainda bem que ele nunca chegou a escutar. Nem essa reação abusiva lhe prejudicaria os planos. Viera determinado. Logo na semana seguinte, apalavrou o primeiro chão de que se agradou. Ali pertinho, numa aba da Terra-Dura. São dezoito tarefas de uma terra refugada. Muita pedra e piçarra. É quase um lajedo. Um quaradouro de pedra.

Especulam que aquilo que o entusiasmou foi um galpão espaçoso, de pé-direito alto, com paredes enchementeadas a cipó-caititu, e guarnecido com um jirau onde ele atreparia os futuros arreios do carro, que já planeava na cabeça, resguardando-os contra a voracidade de ratos e cachorros. De fato, não tardou a converter o galpão na casa do carro, vizinha à morada que era quase nova e habitável. A aquisição lhe viria a calhar.

Como sabemos, não era homem de lavoura, nunca se dispusera a mexer com mandioca, fava ou feijão. Se o dinheiro não chegava para comprar uma capineira espaçosa onde manter os bois à vista; se só podia adquirir uma nesguinha de chão insuficiente — pra que diabo queria terra boa?

No mesmo ato, recebeu a chave da casa e pagou em dinheiro vivo, mesmo ainda não tendo providenciado a escritura. O cartório imobiliário era longe para a sua sofreguidão. Ficava em Rio-das-Paridas, comarca do município. E antes de inteirar um mês completo, comprou um carro desmantelado a Zé Pacheco, um carro encostado que apodrecia debaixo de um juazeiro. Esse foi o carro que tio Teodoro viria a aprontar. Justo aquele carro onde, naquela jornada mortificante, a Madrinha ia penando...

Debite-se a seu favor esta virtude dificílima: a constante persistência, com perdão do pleonasmo, que entra aí como reforço. E da qual jamais abdicou. É preciso se prestar atenção em que seus bois foram adquiridos um a um, depois de microscópica vistoria e, ainda de quebra, de uma avaliação dias e noites postergada pela mais complicada indecisão. O negócio foi fechado com pausa de dias... entremeados de avanços... recuos... de toda esperteza cabível numa pechincha infindável...

Eram animais escolhidos a dedo, e não só pela cor, visto que todos eram castanhos. Bois de pobre, bois manteúdos, feitos do chão pra aguentar estiagens e outras privações. Bois acalentados em sonhos a vida inteira. Curraleiros assim meio pé-duros, de peito aberto e entroncado, de orelha meá e umbigada curta, mode não apanhar bicheira roçando na urtiga, na malissa, no cansanção.

Desembrulhava o dinheirinho de um taco de pano sujo, desatando-lhe as pontas. Estendia a mão fechada ao vendedor, já com a corda de laçada na argola para recolher o boi em causa. E só afrouxava os dedos com as cédulas quando já tinha a rês na outra mão. Comprava com estima. Daquela estima especial que cresce com o sacrifício. Custaram-lhe os olhos da cara. A economia dos dez anos de Ilhéus. Cada um deles lhe veio com o seu suor. Com a carne que não entrou no seu pirão. Com as mudas de roupa que não chegou sequer a apalavrar. Com noites e noites maldormidas — quase desesperadas. Noites de completa solidão. Com anos e anos de avareza sem o menor desperdício. Com os perigos que correu em terra alheia. Com a plena igno-rância do que seria conforto. Foram comprados com o seu dinheiro.

A bem dizer, nem bois propriamente eram, mas garrotes de dois anos a dois e meio, sem manhas botadas por carreiros inexperientes, sem hábitos cristalizados. Em idade propícia e condições favoráveis ao aprendiza-do. Exímio amestrador, começava encangando o garrote ainda insubmisso e rebelado a um boi maduro e dócil que lhe servia de mestre.

Colocava os brabos sempre no meio, entre a pare-lha do coice e a parelha da dianteira, lugar de poucas exigências, geralmente destinado aos bois sem muitas pretensões. Ou a um ou outro mais rebelado. Se o boi novato prometesse, se fosse talentoso e disciplinado, aí então seria oportunamente promovido ao coice ou à dianteira, a depender das qualidades. Para reforçar a segurança, passava uma ponteira de couro cru sobre os chifres do par, e entrançava-a nos respectivos canzis. De forma que o boi manso obrigava o aprendiz a manter a cabeça aprumada no rumo da dianteira. Se tudo corria bem, se o aprendiz aceitasse as exigências, com o passar dos dias, o boi manso ia educando-o devagarinho, persuadindo-o, dia a dia, a partilhar a força e a responsabilidade de maneira equânime e equilibrada.

Enquanto isso, Zé Carreiro ia estudando a predisposição e as inclinações do aprendiz — a docilidade, a robustez, a capacidade de assimilação, a obediência, o equilíbrio, a iniciativa — a fim de aproveitá-lo onde melhor se encaixasse: no coice, no meio ou na guia ou dianteira.

Para o coice, destinava a parelha mais forte, de pescoços entroncados e robustos, pronta ao comando de esbarrar o carro de brocha descoberta, isto é, alçando a cabeça com garbo e maestria. Além de recuá-lo de quartos arriados e de saber manejar o cabeçalho. Bois que não podem falhar, bois de confiança, que pegam no trabalho equilibrados, puxem ou recuem por igual.

À dianteira, destinava a parelha talvez mais inteligente, que tivesse o ouvido fino como um cachorro de caça, que atendesse pelo nome, e que fosse cem por cento obediente. Bois que não fossem passarinheiros, que não se espantassem nem com as corujinhas que, na boca da noite, andam aos pulos nas estradas como se fossem visagens. Finalmente, para o meio, empurrava os garrotes bisonhos e tapados, sempre protegidos pelo coice e pela dianteira.

Mas como esse adestramento comia tempo... O carreiro dá uma ordem repetidas vezes. E, quando finalmente é servido, retribui com um agrado: amacia a fala, abranda os gestos e, se o garrote admite, até mesmo coça-lhe o pelo, acaricia-lhe a toalha do pescoço.

Todo esse ofício oneroso, afinal, também tinha lá a sua compensação. Por que, no meio de tantos outros, o velho Saturnino escolheu logo Zé Carreiro para um serviço tão delicado? Por que, conhecendo de perto a fama de homem intratável que corria em toda a Borda da Mata, persistiu em requerer os seus serviços? É porque, naturalmente e de forma declarada, o Carreiro sempre é visto como o prolongamento de seus bois. Ou vice-versa. Zé Carreiro amava-os de verdade, como se fossem filhos de seu sangue. Impava de justificado orgulho, enchia a barriga de vento, por sabê-los tão admirados. De fato, em roda de toda a Borda da Mata não havia bois iguais.

Apesar de prisioneiro de si mesmo, dando pouca ligança ao mundo que o rodeava, podia dizer que provou do mel da vida como poucos, visto que por anos e anos teve a companhia dos boizinhos que tanto amava e tirou o sustento congeminado com a própria vocação. Nesse quesito, levando-se em conta a penúria da região — foi de certo modo um privilegiado. Embora os mantivesse com enorme dificuldade. Foi uma vida inteira de sacrifícios. A convivência entre ele e os bois era certamente agradável — mas muito onerosa. Não arriava uma só vez a vigilância de todos os dias de cada ano, visto que não tinha capineira para soltá-los longe de seus olhos. Ensinou-lhes a lamber sal mode cair o carrapato. Para deixá-los à tripa forra, prestava-se a tudo: perdia dias e dias pastoreando-os nos corredores do beiço das estradas; em toda volta que dava, trazia o carro atopetado de manibas, canelas e palhas de milho, ramagens de cipós, punhados de qualquer planta forrageira. Nunca guardara um domingo, um dia santo, um feriado. Como era um carreiro autônomo, cansara de trabalhar mesmo doente. Se desse folga aos bois, quem era o cristão que ia lhe valer?

Trocava o descanso do domingo pelo prazer de bem alimentá-los. Ganhava os arrancadores da redondeza catando sobras e refugos: galhos, folhas, pedaços de raízes. Não gastava milho com galinhas poedeiras que se defendiam bicando pedrinhas e tanajuras ou ciscando minhocas no terreiro. Nem ajuntava lavagem para os porcos na gamela. Enfim, não tinha zelo pela criação miúda. Tudo era encaminhado para a mantença dos bois.

Mais de uma vez, assisti a ele bater na quina do cocho de mulungu com o mesmo pedaço de pau com que acabara de quebrar as raízes de mandioca. Melhor do que eu, os bois também ouviam aquilo. Levantavam o focinho do chão, especavam as orelhas e vinham todos alotados, trotando, balançando a toalha do pescoço. As línguas pardas e ásperas chegavam confiadas e garravam a comer. De tão contentes, a baba escorria pelos cantos da boca, arriavam as pestanas e mastigavam... mastigavam... Depois, iam remoer tranquilamente, em interminável e profunda digestão...

Como isso era bonito!

Nunca é demais repetir quanto ele redobrava nos cuidados, visto que um só boi valia por todos. O carro não podia ficar desfalcado. Se faltasse apenas um, os outros ficariam ociosos, tornavam-se imprestáveis. E ele não podia se virar. Uma erva mal digerida, um espinho num pé qualquer, uma eiva ou uma postema numa pata podiam prejudicar-lhe a semana de trabalho. E aí, de que ia se valer? Ia ser um sacrifício! Vidinha franzina. Apesar de lutar muito, da persistência jamais esmorecida, partiria desta vida atormentado por terrível frustração, o único desejo que não pudera prover. Nunca pôde realizar o grande sonho que tanto acalentara nos derradeiros anos de vida e trabalho: adquirir um mísero boi sobressalente para o carro nunca ficar parado.

22

As impressões que venho anotando concernem ao mundo dos vivos, às pessoas saudáveis. Eram indiferentes à Madrinha. Eu olhava para ela e constatava que a linguagem do mundo, das coisas que nos rodeavam, não mais a sensibilizava. Iam ganhando o contorno de um horizonte esfumaçado. Já os demais da comitiva, quanto mais nos avizinhávamos do nosso destino, mais nos sentíamos avivados. É como se o cansaço houvesse retrocedido, digamos assim, e a proximidade com o final nos excitasse.

Afinal, acabávamos de torar as três léguas e tanto mais intermináveis de nossa vida. Lembro que o sol pendia dentro de uma nova promessa de chuva que começava a se armar. Justo ao atingirmos o topo da última ladeira. Lá em cima, o vento zumbia, carregava o chumbo das nuvens que se acastelavam com ameaça de despencar sobre a nossa comitiva. Apesar disso, nenhum de nós se mostrava mortificado ou apreensivo por alguma consequência nefasta que, porventura, viesse penalizar a Madrinha.

Embaixo, não exatamente a nossos pés, mas cerca de um quarto de légua adiante, a cidadezinha emergiu como uma aparição, com as moradas cor de alvaiade espalhadas no meio da encosta, como se fossem casinhas de brinquedo. Como da primeira vez que a contemplara daquele ângulo, me voltou a antiga sensação religiosa de que estava diante de um presépio. Um presépio encantado. Vejam só como são as coisas! Cheguei mesmo a sentir um arrepio! A torre caiada da igreja lá em cima não surgira, desta vez, coroada pelos capuchos das nuvens ambulantes. Mas ainda sobrelevava o casario singelo, arrodeado por umas vacas esparsas e um terno de jegues que pastava, avistados somente quando chegamos mais pra perto. Um presépio mais vivo e solto do que aquele que minha Madrinha armava em dezembro, para cultuar a vinda do Deus-Menino e animar a nossa festa de Natal. Era um presépio muito visitado. Um presépio de que a Borda da Mata se orgulhava.

Entre nós e a primeira fileira de casinhas de sopapo mal engembradas serpenteava no baixio, visto de longe, aquele cordãozinho de água que tremeluzia, cegando nossa vista: era o riacho da Limeira, que, para chegar ao termo de nossa jornada, ainda precisávamos atravessá-lo ou *benzê-lo*, como dizíamos naquele tempo.

Ah! As maravilhas da memória! A essa venerável senhora que tanto se bate contra as mudanças encaminhadas pelo tempo, há horas em que não posso deixar de lhe render vassalagem! Revejo o entroncamento da estrada que viaja até cair no arruado Curralinho. No beiço da curva onde se desenha um grande seio espaçoso, pastam meia dúzia de vacas paridas, pastoreadas por um rapazote de cabeça no tempo, empunhando uma varinha. Talvez eu tivesse a sua idade. Cruzamos com umas ovelhas vagando atontadas pela estrada real, atrás de capim novo e molinho. Ovelhas de porte tacanho, acastanhadas — da raça Morada Nova. Daí em diante, em toda a minha vida, nunca mais cruzei com essa qualidade de ovinos. Vez em quando uma fêmea de úbere cheio dana-se a balir clamando pelo borrego que está perdendo a hora de mamar.

Zé Carreiro grita com elas:

— Sai do caminho, nojentas!

Salta do tamborete embaixo, chega mesmo a ferroar as mais pachorrentas para que não atrapalhem a pisada de seus bois. É bicha que gosta de andar! Por descuido ou safadeza dos donos, muitos desses animais se habituam a andar soltos, catando comida nos monturos e adjacências dessas cidadezinhas acanhadas. É de praxe. Não corriam perigo de serem atropeladas ou furtadas: nem os gatunos nem o tráfego permeavam nossas cogitações: ainda não tínhamos rodagem federal. Os riscos eram outros...

Há pouco, renteamos uma porca parida, acompanhada de oito leitõezinhos, malhados como a mãe. Estava de arganéu de arame metido no focinho, providência necessária para não fuçar terras alheias. Porco solto, de tromba sem o anel de arame, é uma temeridade para roças, malhadas e quintais. De qualquer forma, o abuso desses animais que perambulam pelas cercanias ocasiona desavenças e atritos. Arma brigas terríveis entre vizinhos. Provoca inimizades duradouras. E é toda qualidade de animal. Como lhes falta um pingo de juízo, investem também por praças e ruas, provocam prejuízos e bagunça.

O caso de Graciliano Ramos é ilustrativo. Como prefeito de Palmeira dos Índios, chegou a multar o próprio pai, cujas vacas foram surpreendidas pastando na praça principal. O caso foi muito comentado, deu manchete em jornal das Alagoas. E foi incorporado à biografia do grande escritor desabusado. Os criadores de temperamento descansado habituaram-se a empurrar o gado no tabuleiro livre, onde são criados à solta, ao deus-dará, sem despesas de ordem nenhuma. Defendem-se dos queixosos alegando que a estiada é puxada, que o sol torrou as capoeiras, que o arame farpado custa uma fortuna. Como tudo isso anda longe: não é mesmo, mestre Graciliano?

Atravessamos um renque de casas caiadas de alvaiade. Do outro lado da estrada, ao pé de um morrinho, avistamos um eito de casas de taipa já meio destioradas. Se não forem escoradas a paus, recuperadas a tempo, eu matutava, com mais um inverno puxado estarão convertidas em taperas. Mais adiante, contrastando com esse clima de acabação, topamos com um conjunto novo: uma corda de casas de tijolo cozido, com oitão pintado de alvaiade, e a barra do rodapé de roxo e terra. Casas bem alinhadas, cujo mestre de obra deve caçoar daquela outra engenharia de taipa, primitiva e rudimentar. É sintoma de que, apesar da pasmaceira, o lugarzinho vai se arrastando para este lado do sul.

Agora, sim, estamos finalmente sobre o tão falado riacho da Limeira. Embora não esteja muito cheio, de barranco a barranco, pegou um lote de água. O brilho do sol se move na superfície da correnteza discreta com uns redemoinhos que engolem a sujeira espumosa. O pontilhão está abandonado. Os pranchões do lastro estão fora de nível. A bitola entre uma tábua e outra varia o compasso. Os bois da dianteira espiam e escutam a água rolando lá embaixo. A altura vertiginosa mete medo. Assopram e varrem a madeira com os focinhos. Um passo aqui, outro passo ali, como se sondassem o perigo. Prosseguem apalpando os lugares onde põem os pés, assim meio ressabiados.

Através das frestas irregulares entre uma tábua e outra, perscrutam, sestrosos e desconfiados, os gorgolejos que tamborilam lá embaixo. Nem parece aquele fiozinho de água que avistamos de longe. Se encolhem e assopram aturdidos com o retumbo dos rodeiros nas grossas tábuas que tremulam despregadas. Devem percutir na Madrinha as sacudidelas insuportáveis... Sinha Amália segura-lhe o dorso que começa a tremer com o impacto. Viro a vista como se esse gesto pudesse empatar uma desgraça.

Nem sempre as margens estão assim despovoadas. Sábado à tarde: isso explica tudo. Nas manhãs dos dias úteis e ensolarados, essas margens planas e abertas se enchem de mulheres batendo roupa naquelas pedras que enxergamos daqui, e que servem também de quaradouro. É uma festa colorida. Há de tudo. Roupas de linho belga ou de madapolão ordinário, calças de tropical ou vestidos de chita e até mesmo os panos bentos e rendados da igreja — são todos batidos ali, alvejados a pedras de anil. Os filhos das lavadeiras, inteiramente nus, competem em mergulhos e cangapés. São verdadeiros torneios.

Olhem aquela mulher ali quebrando milho no quintal. Um milho retardado, um tanto fora de época, devido à tardança do inverno. A maioria dos pés está cheia de bonecas derramando os cabelos cacheados e multicores sobre o verdume das palhas, mais carregados lá na cabeceira. O chão adubado empresta às folhas a tonalidade verde-musgo, diverso das palhas de terra fraca, que se aproximam do verde-cana.

Devido à distância de tantos anos, recolho essas lembranças sem muita convicção. Há pontos cegos, repito. Sequer sei discernir com propriedade por qual crivo associo as imagens transfiguradas em palavras. Talvez tudo não passe de uma rememoração mais imaginária, cheia de remendos, do que calcada no real. Mas, mesmo que hoje voltasse lá, que palmilhasse o mesmo caminho — como não canso de me perguntar —, o que ainda encontraria daquela paisagem abundante, certamente degradada e desfeita pelo tempo? E se, milagrosamente, alguma coisa se mantivesse intacta e viva, sob qual prisma seria colhida por essas minhas retinas tributárias dos altibaixos e das vicissitudes de todos esses anos? Por isso mesmo é que às vezes sou traído pela sensação de que estou repondo uma paisagem ao mesmo tempo íntima e estranha.

Neste momento, o cascalhinho, combinado com a areia xistosa, amacia a dureza dos tombos inflexíveis que tornam a jornada mais impiedosa. São mais de três horas da tarde. O sol já descambou outro pedaço. O carro rola mais desobrigado. O eixo de peroba, alojado nas cantadeiras úmidas, e entre os cocões, volta a produzir este canto falho e agonizante, entremeado de notas quebradas, que se conjugam num chiado de mau presságio.

Pra acentuar a desarmonia, os rodeiros rangem uma nota mais abaixo da outra, desparceiradas. Afundam umas duas polegadas e deslizam de mansinho, triturando as pedrinhas, fazendo esquecer os sacolejos de uma viatura destituída de amortecedores e molas. Já não se ouvem os bois chapinhando ao som da água bungada que salpicava lama para todos os lados, inclusive na Madrinha, no primeiro trajeto da manhã.

Enfim, graças a Deus estamos chegando a salvo de algum incidente fatal. Há um difuso desejo de que esta maçada acabe logo. Até os animais, ainda que enfadados, estão sentindo o cheirinho de alívio que prenuncia o momento da chegada.

23

Perscruto Sinha Amália, seu Saturnino e Zé Carreiro. Percebo que o nosso desafogo é geral. É triste constatar que, em tão poucas horas, a nossa preocupação com a Madrinha tenha abrandado tão drasticamente. É como se, desenganada, ela fosse diluindo o nosso empenho, passando a ocupar um espaço irrisório em nosso sentimento. E, sem dúvida alguma, muito mais por estarmos chegando ao fim da linha, do nosso sacrifício, do que pelo horizonte que poderá se abrir à sua frente, salvando-lhe a vida. A esta altura, a impressão geral, sugerida pelos gestos de Sinha Amália, é de que o feto atravessado agora está morto. Enfim, missão cumprida, lavamos as mãos. Daí pra frente, Deus que tome conta de sua filha.

Isso que, por falta de melhor palavra, chamo aqui de *desafogo*, uma sensação indisfarçável. Enraizou-se no cansaço, na nossa fome estirada e vai se alimentando da nossa fadiga física e mental. Na verdade, fora de nossa rotina costumeira, aguentamos muito pouco. Agimos como bonecos mecânicos e desajeitados. Não que estejamos triunfantes e contentes. Não é isso. É muito mais complicado. Outras pessoas morrem sem precisar sofrer tanto. Paira, entre nós, um silêncio pesado. Talvez a consciência de que não valemos nada. Ninguém se inclina a rompê-lo com uma tirada humorística, uma sacada inteligente que ilumine o nosso interior, um ditado banal que nos reponha nos eixos.

Todos estamos perplexos, afadigados. Afora a Madrinha, somos apenas quatro. Mas ninguém está seguro da reação de fulano ou de sicrano. Nenhuma intervenção parece oportuna e segura. O ambiente está contaminado por nossas limitações físicas, por nosso individualismo miserável. Qualquer palavra pronunciada pode redundar num fiasco. Virar uma indecência. A sua situação periclitante se basta a si mesma. Salta daí uma imposição imperativa e dominante. Dá o tom das circunstâncias sombrias. Além disso, tudo se anula…

Da Borda da Mata até aqui, uma criatura tão cheia de vida se converteu num fardo quase insuportável. Hoje mesmo, a esta hora, devia estar lá liderando a nossa festa, acompanhando a charola da Santa Padroeira que ela mesmo aprontara. E nós da comitiva, pessoas de sua afeição, não somos apenas atores desse sentimento desdenhoso — embora ainda não chegue a ponto de aversão. Não pode? Sei lá! Somos os titulares desse inconfessável sentimento humanitário…

Eu me pergunto, se esta peregrinação demorasse dois ou três dias, a que ponto chegaríamos? Quem ousa nos responder? Até seu Saturnino já me parece mais desligado e menos atento. Já não apeia da mula para caminhar ao lado da filha com a mesma predisposição. Por que uma criatura tão solidária, tão generosa com a pobreza da Borda da Mata, tem de ser colhida por tamanho abandono? É como se lhe cuspíssemos na cara. Por que imolar uma vida tão exuberante para botar alguém no mundo, talvez mais tarde esquecido dela, triunfante e feliz? É apenas uma probabilidade. Mas, na degradação em que andamos, qualquer especulação torna-se cabível.

Finalmente... Rio-das-Paridas. Na curva que acessa a primeira rua empiçarrada, um bando de meninos seminus, tapando as vergonhas com uns trapos, deixa de lado a bola de borracha e se avizinha do carro. Vem enxeretar o que se passa. Uma cachorrada da molesta ladra e arreganha os dentes, provocando os bois, que assopram e se desinquietam.

Zé Carreiro pula do carro embaixo e, usando mais uma vez o pé da vara, solta a lenha nos mais atrevidos que se danam a ganir. De má vontade, recuam e se espalham de rabo entre as pernas. Mas não desistem. Ficam de atalaia, rosnando por perto. Ou postam-se de lá, ora acocorados nas pernas; ora timidamente avançando. Deles que continuam a ladrar. Os bois, apesar da vigilância de Zé Carreiro, prosseguem desconfiados, doidos para apanhar um dos menos avisados na ponta dos chifres e sacudi-lo ao ar.

Dia de feira. Primeiro foram os meninos; depois os cachorros; agora é um cordão de curiosos que vem engrossando à medida que passamos pelos becos. Vem fazendo costaneira ao carro, como se fosse uma procissão. E aproxima-se mais gente, até mesmo uma redada de mulheres... e a rua vai enchendo. Os bois, desabituados do ambiente urbano, se bolem impacientes. Zé Carreiro não topa isso. Já esbravejou com mais de dúzia de entremetidos, empurrando o pé da vara para que se afastem, facilitem o carro chegar até o posto. Eles que se cuidem. Não custa a enfrentá-los no bico do ferrão...

Entramos na via mais antiga, a rua das Marrecas. Calcetada a pedras corunas irregulares e bicudas, onde não se anda sem torcer os pés. Paramos antes do meio do quarteirão. Sinha Amália, incitada pela voz lacerada da Madrinha, começa a gritar. Realmente, são sacudidelas insuportáveis. Décadas depois, eu veria pisos desregulares assim nas ruas de Paraty. O atrito do aro dos rodeiros nas pedras dá a medida audível da cadeia de tombos inevitáveis. Como já registrei mais de uma vez, não há nenhum recurso para neutralizar a inflexibilidade e o atrito do rojão insuportável. É como se, sacudidos a golpe de marteladas, as duas passageiras fossem se desconjuntar.

Ao dobrar a esquina, avistamos o posto de puericultura. Afinal, respiramos mais aliviados. Em roda de léguas, é a única unidade vinculada à pasta da saúde. De eventual e precário atendimento ambulatorial. Seu Saturnino está cansado e aturdido. Salta do cavalo e atravessa na frente com os braços espichados. Impede que os rodeiros continuem pulando de pedra em pedra. De fato, está sendo uma tortura. Febril, a Madrinha amoleceu, parou de gritar, há indicativos de que está desfalecida.

Seu Saturnino entrega-me as rédeas da montaria e adianta-se para providenciar a ambulância que levará a Madrinha. Enquanto isso, chega mais gente e os olhinhos de Zé Carreiro fuzilam de raiva contra os meninos que pegam a bulir com os bois parados. Acertam-lhes cascas de laranja e de banana. O Carreiro grita: "xô... cambada de pestinhas", ameaça persegui-los e bate a vara no chão. O velho, com os óculos tortos, volta alvoroçado com uma maca improvisada. Não daquelas de rodinhas, que só viria anos depois. É uma padiola de tábuas, suja e encardida.

A Madrinha estremece. Está viva, mas desfigurada. Segura a minha mão, reclama num fiozinho de voz, tem medo de cair. O velho e um dos funcionários lotados no posto carregam a Madrinha, não com os varais da padiola alçados sobre os ombros, como se fosse a charola da santa, mas com os braços esticados para baixo como se a Madrinha prosseguisse conservando a posição de extrema humildade que sempre professara. Sinha Amália segue atrás, cambaleante, com cãibra nas pernas devido à posição desconfortável que mantivera durante a viagem. À medida que alterna as passadas na rua grosseiramente calcetada a pedras corunas, as bochechas e a peitoria balançam. Alguém se aproxima para socorrê-la.

Ao chegarem ao posto, a titular espera que Sinha Amália recupere o fôlego e, a seguir, tranca-se com as duas. Não demora a escancarar as duas folhas da porta, com o semblante sobressaltado. Deve ter feito um exame básico e concluído que o caso era gravíssimo. Sinha Amália contaria depois que ela descalçara as luvas, assustada e fizera uma careta, como se desse o caso por perdido. Disse-lhe que não ia mexer em nada porque ali no posto não se fazia cirurgia.

Seu Saturnino, que, irrequieto, ficara rondando pelo corredor, é o primeiro a ouvir a indicação da enfermeira:

— É ir urgente para Aracaju. Vá falar com o prefeito. Depressa. — Deu um impulso na cabeça e estirou o beiço — A ambulância taí no pátio.

— Canutinho!

O velho empalidece como uma vela. Sujo de lama, fraco, confuso, com os óculos tortos e imundos, é um homem derrotado. Esfrega as mãos inquietas. Mas ainda lhe resta juízo pra propor uma alternativa.

— Mas hoje é sábado, Dona. O prefeito na certa tá viajando...

— Não. E o senhor tá com sorte. — Conferiu o relógio. — Ainda pega ele em casa.

— Mas, dona moça, incomodar Canutinho por uma bobagem! Sendo caso de vida ou morte, a senhora aqui é autoridade. É quem pode ajudar.

— O senhor tá enganado. Sem ordem dele, ninguém aqui apita nada. — Encara o velho, avivando o tom da voz. — E se avie logo. A mulher já perdeu muito sangue. E mesmo que eu tivesse alguma força... — Antes de a moça fechar a frase, o velho a interrompeu, metendo-lhe estas palavras em cima:

— Então dê cá a chave da ambulância, dona. — E bate o punho no próprio peito: — Eu me responsabilizo.

— Pois é o que eu ia dizendo. E o senhor não me deixou completar... — Ela esboça um sorriso pra desanuviar o ambiente. — A chave anda com ele. Não desaparta o chaveiro da cintura.

O velho fica sem ação. E ela insiste, outra vez alçando a voz, agora com um toque de censura. — Fosse minha mãe eu não estava mais aqui. Vá avoando...

Seu Saturnino não esperava ter de enfrentar Canutinho. Via-se que ficou bastante agastado. Era cabo eleitoral na Borda da Mata, tinha meia dúzia de votinhos, e abraçara a causa da oposição, justo ali no colégio eleitoral onde o tal prefeito não fora bem votado.

Pelo jeito cabisbaixo com que o velho me tomou as rédeas da mão e passou a perna em Medalha, a sua expectativa é bastante desanimadora. Canutinho, o mais novo da família a entrar para a política, já ganhara fama de birrento e ressentido.

Como a Madrinha permanece recolhida ao interior do posto, aos cuidados da enfermeira, eu fico sobrando, e decido ir ao encalço dele. Esporeio Castainho pra ver se alcanço a mula. Em menos de dez minutos, o velho bate palmas na porta do prefeito, que vem saindo pelo corredor sombrio, ainda fechando os botões da camisa, levantando os suspensórios e os sonolentos olhos inquiridores.

— Vamos apeando, Saturnino. A que devo a honra da visita? — O tom é brincalhão, mas sem descartar que permanece de sobreaviso. Pronto a botar o pé atrás e mudar de tática, se a reação precisar ser confrontada.

— O tempo é curto. Boa tarde, Canutinho. Tô com a menina morre-não-morre. Tá desfalecida ali no posto.

— Não me diga…

— Pois é. A enfermeira já buliu em tudo. E decretou que só dá jeito em Aracaju. É a única salvação. Eu vim buscar a chave da ambulância.

É questão de vida ou morte. Mas apesar da condição desvantajosa, o velho não se faz de galinha, não se enverga naquela clássica postura vexatória dos que dependem de favores. Pelo menos no princípio da conversa. Orgulho ou falta de tato? Até hoje não sei. O outro fica condoído, não pela situação da Madrinha, mas talvez pelo tom impositivo da última frase articulada pelo velho. Não responde. Queda-se um instante tomando pé na desafronta que acabara de ouvir. Os dedos sobem e descem esticando os suspensórios. Fora pego de surpresa. Por essa não esperava. Bota a cara pra cima e dá corda ao tempo, prolonga o intervalo da resposta, passeando os dedos no gogó. Consulta os próprios botões, escolhe o caminho mais conveniente para alinhar as palavras.

Dito e feito. A interrogação que se assenta no franzido do meio da testa entre os olhos — enquanto ele alisa o caroço do gogó — de repente se dilui na cara lisa, que ele agora empina para trás, cheio de satisfação. Enfim, se resolvera. Baixa os olhos para o velho Saturnino: é o momento aprazado de chegar-lhe uma lição, por mais de um motivo.

Mas, antes, precisa fazer o seu teatro. Desce da calçada e aproxima-se do velho como sinal de alguma deferência. Demagogo, adora fazer diplomacia. Ao passar a mão para acamar a crina de Medalha, a burra dá um assopro medonho. Vira o pescoço e tampa-lhe o dente no braço, como se fosse tocada por uma cascavel. Canutinho pula de banda. E aproveita para maçar a paciência do velho, cozer-lhe o desespero em banho-maria. Então, desvia a conversa do assunto principal.

— Diabo de mula, Saturnino. Me rasgou a manga da camisa. Eu tou nesta idade, tenho boa perna, corro vaquejada… até já ganhei um prêmio ali em suas barbas, na Borda da Mata, como você sabe. Mas um animal traiçoeiro deste não come no meu pasto.

— O tempo tá correndo, Canutinho. Deixe de lorota. Cadê a chave…

Enquanto brinca com o chaveiro, mexendo no cinturão, ele fita o velho com aquele prazer maligno que lhe enche a tampa da cara e ainda avoa pelos olhos.

— Bem, como todo o município sabe, a ambulância é do povo. Eu sou apenas o guardião, o responsável. Aquele que tem de prestar contas ao Estado, que carrega o peso do dever a ser cumprido. É tudo ali na batata, no contadinho… conferido em cima do papel. Quando alguém não pode ser atendido, o culpado termina sendo o prefeito. É assim que funciona. A culpa se volta contra mim. É um negócio encabuloso! Já disse lá em casa: vou largar essa porcaria: não me candidato mais nunca. Só ganho inimigo e aborrecimento. Como vai acontecer agora mesmo. Se quer ver, espie: a ambulância está lá no posto, Saturnino. Minha boa vontade de servir está aqui — encosta o punho no coração — mas... cadê o chofer?

Ao velho, falta-lhe a fala. Quanto a mim, fiquei ainda mais inconformado. A língua já vinha fervendo. Tinha coisas a rebater. Até então, evitava intervir por pudor pueril ou por medo de levar uma trombada. Mas não me desvencilhava do peso nas têmporas, do ímpeto de desembuchar, como se a garganta ganhasse vida própria. Nesse momento, revoltado, pulo no meio da conversa, já que não podia pular nas goelas do salafrário.

— A enfermeira disse que o chofer tá jogando baralho na barbearia de Samuel.

— Calma, meu rapaz, calma. Minha conversa com Saturnino é sisuda. É um acerto de sala. Não sei de onde você saiu. Foi da cozinha? Mas aprenda: em conversa de homem, moleque não apita. Onde aprendeu a aperuar...

— Anda logo com isso... Canutinho! — Insiste seu Saturnino. O outro não gosta da interrupção e vira-se para o velho:

— A coisa não é bem assim. Não esqueçam que hoje é sábado. Não tem expediente. E a esta boa hora Codorá já deve ter enchido a cara. E não sou doido de entregar uma ambulância novinha em folha ao primeiro irresponsável que apareça, tomba lá e tomba cá. O carro é patrimônio do governo. E, na qualidade de prefeito, o meu zelo com a coisa pública é maior do que o mundo. Você, Saturnino, apesar de não votar na minha coligação, sabe muito bem que é assim. Fui eleito pra servir a todos. Mas o primeiro mandamento é a responsabilidade. Por hoje, não podemos fazer nada. Vamos aguardar amanhã.

— Mas criatura, pela derradeira vez, pelo bem de sua mãe, a menina tá morrendo...

— Já lhe disse... só amanhã!

24

Voltamos ao posto arrasados. O pátio regurgita num bolo desses feirantes retardatários que amolam as pessoas com a mesma conversinha rebatida. Amontoam-se no rescaldo da feira de sábado, sem soltar o quilinho de carne pendurado do dedo por um atado de pindoba, mais o alforje de couro ou o saco de aniagem com os mantimentos aviados, e eufóricos por efeito das últimas bicadas. Tomam liberdade com todos os transeuntes com quem cruza e vão se fazendo íntimos à medida que ficam mais tontos e tungados.

Mal apeamos no meio da balbúrdia, Codorá é empurrado para os braços de seu Saturnino no embalo daquela espécie de comoção que, por reparar uma injustiça, contagia um lote de gente. Com o empuxão, o velho se desequilibra. Se não é amparado a tempo pelo próprio Codorá, teria beijado o chão. A esta altura, está mais morto do que vivo. Pra alimentar nossa esperança, o chofer apresenta-se sóbrio e disponível. E contaminado pelo sentimento coletivo, também está entusiasmado e loquaz. Abre os braços e a garganta para que todos o ouçam:

— Se carecer de um chofer, tô aqui no ponto. — E para o velho: — O senhor trouxe a chave? Vamos baldear logo a mulher…

No mesmíssimo instante, o velho Saturnino o abraça e o segura com as duas mãos, visivelmente temeroso de que o chofer se dissolva ou escapula. E só o solta, depois de sacudidelas comovidas, pra levar a mão no bolso da calça, com promessa de recompensá-lo regiamente. Codorá mostra-se receptivo, decidido e vai logo tomando-lhe a frente, quando então o velho, absolutamente transtornado pelo despontar da nova esperança, quase cai de joelhos a seus pés. A seguir, com a confiança renascida, vai outra vez passando a perna em Medalha. Ainda hoje, sinto o impacto, o reflorescimento de seu semblante renovado. Meu Deus… como é que, num fechar e abrir de olho, uma criatura se transforma assim?

Foi da água para o vinho! É como se houvesse ressuscitado. E outra vez cheio de fé, encalca o peito dos pés nos estribos, bate os calcanhares na barriga da burra enfadada e alça o fundilho do coxim da sela como se fosse se arremessar pela cabeça no animal. Só esbarra a mula defronte da casa de Canutinho. Vai participar--lhe a boa-nova de que o chofer está em ponto de bala, sóbrio e muito bem-disposto, prontinho pra viajar. Está iluminado pela certeza de que conseguirá a chave da ambulância. Na sua expectativa risonha não cabem dúvidas. Desconfiado, dou de rédeas e ponho o cavalinho afadigado no seu encalço.

Batemos à porta. Insistimos… insistimos… Uma vizinha, acho que incomodada com as pancadas na porta, bota a cabeça numa janela, informa que ele acabara de se mandar. E nos aponta o rumo que ganhou. Estaria falando a verdade? É o que me pergunto até hoje. Vasculhamos a cidade inteira, começando pelos pontos que ele costuma frequentar. Não falta quem nos forneça indicações de seu paradeiro. São pessoas tão oferecidas, com informações tão miudamente explicadas, que reforçam a minha desconfiança. Acho mesmo que, mancomunadas com ele, talvez até por temê-lo, já que não escolhíamos os informantes, pessoas gozam a nossa cara. Mas o velho está cego. E lá nos vamos ruas acima e ruas abaixo, tentando desencavar, em vão, onde se metera Canutinho...

A confiança de reencontrá-lo é tamanha que o velho não se concede um só minuto de desânimo, mesmo com as mais claras evidências de que pode estar sendo enganado. Persiste varando as ruas e dobrando os becos numa obstinação espantosa. Só depois de palmilhar, pela segunda vez, os mesmos endereços, e de consultar os mesmos informantes debochados, é que começa a perder o entusiasmo. Pouco a pouco o semblante vai murchando até ganhar a cara de um mané-besta, onde os óculos amarrados se balançam. O filho da mãe nos passara uma rasteira.

Retornamos ao posto espinafrando Canutinho. Seu Saturnino então, com a voz rouca e pesada de nomes sujos, ergue a taca no ar, chega mesmo a soltar espuma pelos cantos da boca meio murcha que ele enxuga na manga da camisa. Pelo visto, não vai mais se equilibrar. É como se tivesse revivido somente para morrer numa situação mais eloquente.

Enquanto isto, do interior do posto, voam notícias de que a Madrinha está se acabando. O rebuliço ganha o tom indiscernível e barulhento de uma situação insustentável. O povo já querendo romper a porta da ambulância para funcionar a ignição. E no meio de todo esse alvoroço, acontece o mais inesperado:

Teodoro chega vermelhaço como um tição de fogo, inclusive na rajada do olhar.

Com o tronco corpulento, resvala no velho Saturnino como uma montanha que se desloca levando tudo na frente por incapacidade de enxergar qualquer coisa que se interponha entre ele e a Madrinha. Chega salpicado de lama, as pernas das calças cobertas de lodo, como se estivessem metidas numa bota cano longo. Vai logo metendo as manoplas entre as pessoas para abrir passagem. Está decidido. Não move um só músculo do rosto ensombrado pelo chapéu. O bigode e a barba por fazer mais o beiço roído formam, na rubra face, uma única máscara sarará. Não são poucos os que o olham com alguma estranheza. Uma catadura assim amargurada num homem tão alto impõe um silêncio respeitoso. Move a ponta da língua sobre o beiço chagado devido ao sol da viagem demorada, controlando a própria força. As passadas de compasso batem e retinem com firmeza nos tijolos do corredor principal.

Chegou com o olhar vidrado de um fanático sob o sobrolho franzido. Está determinado a salvar minha Madrinha.

Passara da rua do Tanque para o pátio do posto, em cujo tamarineiro amarrara a montaria. Mal apeara, me acheguei pra perto encabulado. Sequer levantou os olhos ou a mão para mim. Um rescaldo de culpa me fervia na cabeça, quando então ergo a vista e, cheio de espanto, me deparo com uma visagem: o cavalo enxovalhado que treme o corpo inteiro e, bambo das pernas, cambaleia quase raspando a venta no chão. Chego pra perto da tábua do pescoço e sinto que a respiração opressa exala o cansaço da viagem em forma de fumaça, como se as forças vitais estivessem se evaporando…

Vejo que tio Teodoro exigiu demais dos pulmões do cavalo. Convertendo em peso o seu tamanho desmarcado em cima de um infeliz disparado a galopar, fez alguma coisa mal procedida: arrebentou a tenência do animal. Está definitivamente "cortado". Com essas órbitas fundas e rajadas de vermelho, com esse bafo acelerado, vejo que prejudicou o fôlego do animal: não há injeção nem beberagem que o recupere. No retângulo do chão entre as quatro pernas, abaixo da barriga, vai se ajuntando uma poça do suor que pinga e escorre do pelo encharcado, como se manasse de uma fonte inesgotável.

Apuro a vista. Mas só a custo, devido à cicatriz arrepiada na maçã do peito, sequela da fúria de uma vaca parida, reconheço, afinal, o cavalo-melado de seu Manuelzinho do Salgado, debaixo de sua sela campeira, aqui ante estes meus olhos apatetados, com a camurça do coxim desfigurada pelos salpicos de lama. Para afastar um restinho de dúvida, arrodeio o cavalo para examiná-lo pelos quartos. Procuro então a cauda empolgante que ele empinava elegantemente, cerca de dois palmos abaixo do encaixe — o pendão que tanto o destacava no desfile da Festa de nossa Padroeira! —, e dou com um emaranhado de cabelos endurecidos numa espiga de lama ressecada que não lhe serve sequer de caricatura.

Seu Manuelzinho batizara Duão, o filho mais novo de Teodoro. E naturalmente emprestara ao compadre o cavalo-melado mais a sela campeira que guardava a sete chaves dentro de um saco de aniagem com a boca cosida e pendurado num torno cravado numa travessa contra a rataria roedora de arreios untados a sebo de carneiro capado para se conservarem macios e flexíveis. É, sem rastro de dúvida, o favor mais eloquente que o compadre poderia lhe prestar. Caso contrário, esses arreios ressecariam estaladiços. Se romperiam com a maior facilidade, frustrando assim a expectativa de durabilidade e permanência, em conformidade com o código que instruía os homens daquele tempo. E era como se fosse o ferro de marcação daquela Casa.

O zelo de Teodoro por Castainho, bem como pelas suas ferramentas, é falado e reconhecido. É uma qualidade que se estende a tudo em que ele toca a mão. E mesmo assim, sendo bastante zeloso, esgotou, numa única tarde de desespero, as forças do cavalo-melado que seu Manuelzinho poupava o ano inteiro, reservado para tomar parte nas grandes ocasiões em que sempre terminava premiado. Fico a imaginar Teodoro e a sua consumição interior: quanto esquentou o juízo com a partida da Madrinha: quanto descabelou da madeira flores de maravalha, à procura de se apaziguar; quanto relutou para pedir emprestado o cavalo-melado de seu Manuelzinho; quanto obstinou-se para chegar até aqui a tempo... tudo isso confrontando a própria natureza. Isso sim é o que se chama prova de amor. Tão grande, que a Madrinha jamais poderia imaginar.

Da Borda da Mata até aqui darão umas três léguas e tanto? Talvez a distância seja maior, se Teodoro não enveredou pelo atalho da Mata do Balbino. De qualquer modo, é muito chão pra se tirar num único galope acentuado. E, pelo visto, foi assim. Com toda certeza, uma ação mal procedida, fora da expectativa de seu Manuelzinho, a respeito de cujo cavalo-melado só abria a boca para proclamar que não se barganha, não se negocia, nem há dinheiro que o pague. É o seu animal de estima abençoado. Para não tê-lo longe dos olhos, só o conduzia do cocho ao pasto aberto o tempo estritamente necessário. Eram solturas pra respirar e sorver o ar puro das capineiras, pra repor o instinto cavalar, pra que as articulações e os rejeitos não o tornassem trôpego e emperrado por falta de exercícios. No dia a dia, servia-lhe água de chuva, capim-angolinha, mel cabaú, olho de cana, milho posto de molho no cocho de mulungu, além de banhá-lo todas as manhãs. Ainda lhe ouço as feições contrariadas soltando a sentença preferida: "Não gosto que maltratem o seu cavalo".

Castainho, que veio comigo, é cavalo meio idoso, fez o mesmo percurso e está inteiro. Embora a comparação seja injusta, visto que o peso de Teodoro decerto é pra lá de redobrado. De qualquer forma, aquilo que estrompa ou mata qualquer cavalo é a pressa, a corrida na subida das ladeiras. A se tomar uma base pelo estado deplorável do cavalo-melado de seu Manuelzinho do Salgado, calculo que a batida dos cascos, que adivinho mas não presenciei, deve ter sido uma loucura, visto que espirrou lama e mais lama de modo adoidado. Aduzo como testemunho essa melação que veio se acumulando na calça de Teodoro, na capa da sela, no cabeçote e no próprio coxim onde ele viajou até aqui tal e qual um zumbi desatinado.

A cilha já está folgada, visto que, pra chegar até aqui, o cavalo perdeu peso. De forma que só faço tirar a correia da fivela. Tiro o cabeção pra aliviar o cavalo-melado, que mal ergue a própria cabeça pesada como se fosse de chumbo. Em qualquer outra circunstância, duvido que Teodoro, diligente e amoroso como é com os bichos de fôlego, esquecesse essa caridade tão primária que se presta a um cavalo.

Mas se nem ao menos me dirigiu a palavra! Esgueiro-me pela porta do posto e topo com o velho Saturnino torcendo as mãos na sala de espera. Está um trapo. Olho bem para ele e só enxergo a imagem da decrepitude. De repente, lembrei-me dele tomando parte no meio de caçoadas, trincando as botas afiveladas no chão e se embolando de rir. Falo pra a enfermeira que Teodoro mandara me chamar e, com esse truque besta, escorrego para ver de perto a Madrinha.

Ninguém ali me enxerga. Teodoro segura-lhe a cabeça desmongolada com as pestanas arriadas. Derreio os olhos, de certa forma me sentindo culpado, quando não seja pelos meus próprios pensamentos e conjecturas. E o que vejo acima dos tijolos? Tio Teodoro ainda de esporas no calcanhar. Era uma conduta mal prometida. Ninguém entrava numa repartição do governo sem tirar as esporas e o chapéu. Muito menos Teodoro. Naquele vexame todo, ele atravessara o corredor como um cego.

Justo neste momento, Sinha Amália aproxima-se com uma vela entre os dedos. Protege a chama com a concha da outra mão e se encaminha até a Madrinha. Teodoro arregala os olhos como se não acreditasse e sopapa-lhe a vela com tanta violência que passa a triturá-la entre o indicador e o polegar, reduzindo-a a farelos. A seguir, atraca-se com a Madrinha demoradamente, como se não quisesse mais soltá-la. Depois de balbuciar alguma coisa, de pedir conta dos filhos, enfim ela se queixa com palavras soltas e repetidas; algumas delas, chego a escutar.

— É um peso enorme… inchado por aqui. E esta falta de coragem… — corre a ponta dos dedos pelo pé da barriga. — É preciso sair. Essa falta de ar… como se eu estivesse esganada. Por que isso, Teodoro? Por quê?

Ao assisti-la a se esgotar, se abeirando do fim, não fico tão mortificado como no princípio imaginara. Devido ao sofrimento de três dias, talvez já venha me acostumando com a ideia. E com a chegada de Teodoro ainda fico mais desoprimido. Como não ralhou comigo, vou me nutrindo de um sentimento que parece me elevar.

Embora, durante a viagem, eu não houvesse ajudado em nada, a ponto de me sentir inútil, agora é como se ele me tirasse um peso das costas. Não estive à altura do papel que me confiara, da ajuda que esperava de mim, nem correspondi à afeição da minha protetora. Isso é indiscutível. Mas, seja como for, com a presença maciça e determinada de Teodoro, me avivo, a ponto de me robustecer por dentro, como se, diante de seus olhos, enfim eu ainda pudesse servir pra qualquer coisa.

25

Por um momento Teodoro sai do torpor, sufoca as lamentações e se cobra alguma ação no dramático reencontro com a mulher. O chapelão não esconde os sobrolhos maciços e lançados sobre os olhos de fogo na face destroçada. Na solidão expectante da Borda da Mata se perdera de si mesmo, encontrara o martírio. Decidira enfim, lutando contra a própria natureza, converter a fraqueza num desespero quase suicida. E partir no encalço da mulher. Decerto, não aguentara o repuxo que demanda do amor.

— Por que ainda estão por aqui? Por que, Sinha Amália? Por quê? Me diga, dona Enfermeira... — Repete, transtornado.

Chegou mesmo a sacudir a enfermeira pelos ombros. E sem aguardar resposta, toma a desfalecida nos braços, dobra o corredor ainda com a espora no pé, ganha o pátio aberto e só vai esbarrar na ambulância.

— Ainda está fechada mesmo? Que brincadeira é esta? Cadê o chofer? — Mal é inteirado da situação, ainda com a Madrinha no colo, sapeca um pontapé na porta com tal ímpeto que o vidro se espatifa e avoam lascas de todos os tamanhos. Presumo que os vidros dos carros, naquela década de cinquenta, não eram preparados como os de hoje.

Codorá prontifica-se a ajudar e ganha a linha de frente, já vai usando as mãos: corta e faz a emenda dos fios da ignição com um alicate. Ainda assim, após várias tentativas, a partida não funciona. Seria o platinado? Entrementes, a minha Madrinha já está acomodada na ambulância, ao lado de Sinha Amália, que pede pressa com os braços levantados. É um verdadeiro desespero. Codorá abre o capô, e, mal testa as garras da bateria, vai direto soltar a tampa do carburador. Futuca aqui... mexe ali... e enfim desabafa para que todos ouçamos:

— Canutinho buliu aqui. A mesma trapalhada de sempre... Definitivamente, não vai funcionar.

Um cidadão indignado ergue a cabeça e a voz:

— É assim que ele penaliza quem não vota em sua chapa.

Até mesmo Zé Carreiro deu-se um prazo sem absorver-se nos bois e veio marcar presença. Depois de coçar-lhes as barbelas em agradecidos toques de carinho e soltá-los no curral dos animais, veio sondar o ambiente. Chegou rondando por fora, com aqueles modos esquivos, talvez pra demonstrar que não está interessado no destino da Madrinha. Os bois estavam enfadados, a noite não tardaria a cair. Impossível retornar à Borda da Mata assim em cima do próprio rastro. Seria judiar muito dos bichinhos, que, aliás, carecem tomar um refrigério. Mais tarde, depois de colher notícias da passageira, aí sim, iria levá-los a pernoitar no "pasto do governo", que nada mais é do que um rapador comunitário, ali no beiço do riacho da Limeira. Perdido no meio do povo, ele se inteira do que se passa e, afinal, deve ter se lembrado do antigo patrão, e então brada, mal-humorado:

— Se, a bem dizer, matei os meus boizinhos pra trazer a passageira até aqui, é porque teve precisão, minha gente. Por que diabo ela não vai viajar? Nem que esta tal gasolina custasse ouro! Eu é quem conheço esta justiça daqui! — Faz uma pausa de destaque e grita mais fortalecido: — Essa raça dos Canuto é um ninho de cobra choca.

No meio de toda a desgraça, colocamos a Madrinha num Jeep que, eventualmente, vinha de Tanque Novo para Aracaju. Embarcamos os quatro, sob protesto do dono que, embora pressionado por alguns exaltados, a princípio se recusa terminantemente a ajudar. De repente, Teodoro toma a dianteira com palavras tão ríspidas, com uma catadura tão feroz, que o dono do Jeep olha pra cima todo desconchavado, só falta mesmo se mijar.

No quadrado de trás alojam minha Madrinha com as pernas abertas meio encolhidas, recostada no peito de Teodoro, também sentado no lastro, com as pernas contornando as dela. Posição bem desconfortável para ambos, mesmo porque as pernas dele são grandalhonas. Mas… fazer o quê? Na boleia, além do dono agora prestativo, Sinha Amália se refestela no lado da janela. Sobro eu, que vou espremido entre os dois, com a alavanca das marchas entre as pernas. Todas as vezes que, numa ladeira empinada, o chofer engata uma primeira, fecha a mão na batata do meu joelho esquerdo.

Enquanto avançamos, um rio de sangue vai caindo pelas frestas da tampa traseira, e é logo chupado pelo cascalho. Só sabemos disso quando não se pode mais remediar. E se tivéssemos visto isso antes, de que poderíamos nos valer? Não preciso dizer quanto passei mal! Com a boca cheia d'água, o estômago revolvido, andei perto de desabar numa vertigem. Teodoro choramingava, não parava os murmúrios tentando reanimá-la. Não chegamos a fechar nem duas léguas. Sem uma palavra de dor ou simples queixa, a Madrinha, já desfalecida, descorada como um capucho de algodão, expira nos braços de Teodoro com uns estremecimentos terríveis, mas sem uma queixa maior.

Ele a sacode mais de uma vez, chama-lhe pelo nome. Frange o couro da testa que é sintoma de brabeza, mas não contém as interjeições de bicho ferido e acuado nem as lágrimas que desabam pelo rosto. Logo a seguir, estreita-lhe as costas contra o peito, abraçando-a por detrás, na mesma posição em que haviam embarcado. De olhos fechados, cai num silêncio tenebroso. Ou por falta de tempo ou porque continuava constrangida, Sinha Amália não torna a intentar botar-lhe a vela na mão. Ajeita-se na cadeira e estira a mão direita pra tomar-lhe o pulso. Teodoro afasta-lhe o braço com uma certa insolência, como se procurasse conter a própria fúria. Como estávamos longe do dia que fomos visitá-la! Ela então deita-lhe um olhar compassivo. Vê-se que deseja consolá-lo, talvez com as mesmas palavras já decoradas e que produzem efeitos benéficos em tais ocasiões. Mas parece temer o destempero de suas reações.

— Se é a vontade da Corte Celeste… — Vai falando enquanto outra vez se volta para o fundo do Jeep, mas não sei o que a detém, que não chega a fechar a frase.

O dono do Jeep consulta Teodoro com a maior gentileza, e concordam em fazer a volta e seguir para depositar a Madrinha no posto de puericultura. Durante todo o retorno, reina um silêncio medonho, cortado apenas pelos uivos de Teodoro que escapolem dos dentes cerrados. Assim que encostamos na calçada, o povo acorre pra perto, o mundo fecha de gente. Parece um comício em tempo de eleição. Codorá, que nada tem a ver com o pato, comparece desta vez com uma garrafa erguida entre os dedos. No auge da comoção, protesta que só fora chofer da prefeitura até este dia. Não se acostuma com isso. Fora a última vez, jura. Vai pedir as contas e fechar a canela no mundo.

Teodoro é um homem devastado. Traz as feições martirizadas. Vai direto à ambulância, caladão, mas enfurecido. O fundilho das calças ainda pinga sangue. Com o próprio punho e cotoveladas, quebra o para--brisa. O povo se sente atiçado e, como uma onda, espatifa os outros vidros, menos o do lado do chofer, quebrado por Teodoro na primeira investida. Eu mesmo chuto o que posso. E muitas mãos revoltadas, na ponta dos braços alucinados, se unem na mesma força que consegue emborcá-la no meio de uma gritaria excitada. No mesmo movimento incontido, a lataria é moída a pancadas. Não chegam a tocar fogo. Mas resta apenas um molho de ferro imprestável.

A seguir, sem soltar uma única palavra, esse bichão graúdo, como se tivesse espichado um palmo mais pra cima, dá categóricas e rápidas pernadas até a rua da Praça. Retinem as rosetas das esporas, que não saíram do pé nem dentro do Jeep. Não sei se existe a categoria dos valentões absolutos. Nem se Teodoro está cego ou convicto em sua fúria. Mas quem o vê neste momento, transfigurando num justiceiro batizado ou pagão, aposta que qualquer um pode cair na valentia.

Como conter ou graduar a revolta diante de uma situação absurda, se a única força que nos atrai é despejar-se como se fosse morrer? Não sei como um homem com o coração esmagado pode canalizar tanta fúria. Chego a ter medo desses olhos claros meio vidrados. Alguma coisa pode sobrar pra mim, afinal, não me comportei como ele planeara. Cai um silêncio medonho sobre o pessoalzinho que nos segue, como acontece quando pressentimos um perigo. Está disposto a esganar Canutinho como se destronca o pescoço de um pato. Encontra-lhe a casa guarnecida por um sargento, um cabo e dois soldados, que neste sábado é o efetivo de todo o destacamento. Teodoro esbraveja a sua indignação, grita que o safado apareça.

Depois de se atracar com o cabo e palmeá-lo em cima do sargento, com tal ímpeto que os dois caem embolados, o soldado raso mais fraquinho entra em pânico e passa-lhe fogo, alojando uma bala na barriga. Eu estou dentro da cena e mais uma vez nada faço. Mesmo ferido, dobrado sobre si mesmo, Teodoro iça no ar o soldadinho com a força de um guindaste. Arrojado contra a ferragem do muro, o militar deixa escapulir o rifle em cima da calçada. Incontinenti, Teodoro o apanha e o quebra em cima do joelho. Mal se desapruma e cambaleia das passadas, outros dois o atacam pelas costas numa saraivada de murros e pontapés, enquanto o sargento, que se postara mais afastado, investe com a coronha do rifle e o pisoteia com a botina visto que o meu tio já desabara sobre o chão. Se o povo não chega para acudir, o teriam deixado morto, como aliás ordenara o próprio sargento, arquejante e alucinado. Entre gritos e protestos, dois paisanos o levantam pelos sovacos. Com as pernas semimortas, ele não se equilibra. Mesmo encurvado, no meio deste cordão de gente, ele sobressai por ser mais alto do que todos. Largam-no na cadeia, que fica logo ali na esquina.

Seria alguma sabotagem urdida por Canutinho? Ou estariam lhe dando o troco por ele se enturmar de forma cabal na vida do povoado? Na mesma noite, na sentinela da Madrinha, chorada sobretudo pelos cânticos das mulheres, a Borda da Mata ficou em pé de guerra. Mas, ao contrário do que os valentões inconsoláveis prometeram a noite inteira, metendo pinga no bucho e bramando terríveis desagravos, não houve um só cristão que movesse uma palha para interceder a favor de Teodoro. (Não conto com o velho Saturnino, que, àquela altura, estava mais morto do que vivo.) Não se registrou um único pedido para que a autoridade lhe permitisse, no dia seguinte, acompanhar o sepultamento da Madrinha. A mulher por quem se afogara num amor dilacerado.

ESTA OBRA FOI COMPOSTA PELA ABREU'S SYSTEM EM ADOBE GARAMOND
E IMPRESSA EM OFSETE PELA GRÁFICA BARTIRA SOBRE PAPEL PÓLEN SOFT DA
SUZANO S.A. PARA A EDITORA SCHWARCZ EM OUTUBRO DE 2019

A marca FSC® é a garantia de que a madeira utilizada na fabricação do papel deste livro provém de florestas que foram gerenciadas de maneira ambientalmente correta, socialmente justa e economicamente viável, além de outras fontes de origem controlada.